Mourir un peu

Du même auteur

Sylvie Germain

Mourir un peu

« *Littérature ouverte* »

DESCLÉE DE BROUWER

© Desclée de Brouwer, 2000
76 *bis*, rue des Saints-Pères, 75007 Paris
INTERNET : www.descleedebrouwer.com

ISBN : 2-220-04863-2

Car j'ai vécu de vous attendre,
et mon cœur n'était que vos pas.

Paul VALÉRY

Cherchez Dieu pour le trouver, cherchons-le
même après l'avoir trouvé. Pour le trouver, il
faut le chercher, car il est caché ; même après
l'avoir trouvé, il faut chercher encore, car il est
immense.

Saint AUGUSTIN,
Traité sur l'Évangile de saint Jean (63,1)

En Partance

Que tes pieds sont beaux dans tes sandales,
fille de prince !
[…]
Dans ton élan tu ressembles au palmier.

Cantique des Cantiques (7,2.8)

PARTIR, dit-on, c'est mourir un peu.
Mais partir d'où, pour aller où, et
qu'entend-on par « mourir un peu » ?
Comment le verbe mourir peut-il s'accom-
moder d'un adverbe de quantité alors qu'il
désigne un événement à chaque fois unique,
définitif, absolument inquantifiable ?

Il en est du verbe mourir comme du verbe
aimer : leur adjoindre un adverbe de quantité,
d'intensité ou de manière revient à en moduler
le sens de façon radicale, l'air de rien.

« Il m'aime / Elle m'aime / Je t'aime un peu,
beaucoup, passionnément, à la folie… pas du
tout », scandent les amoureux sur un ton enjoué
en effeuillant des marguerites. Mais la désinvol-
ture n'est qu'un masque, le jeu s'avère bien plus
sérieux qu'il n'y paraît car *l'enjeu* est extrême en
vérité − il en va présentement, ardemment de

l'amour. On y risque son cœur, sa joie, son plus vif espoir.

L'amour, la mort : on ne badine ni avec l'un ni avec l'autre. Effeuiller le verbe mourir ainsi qu'une fleur des champs c'est mettre à nu son propre cœur, ses pensées, son espérance.

L'absolu sous nos pas

Rien n'est éloigné de nos songes,
rien n'est trop fort à nos désirs,
rien ne peut faire que l'on renonce
à ce qu'il y a d'absolu sous nos pas.

André VELTER,
« Je te fais passer les siècles »,
in *L'Amour extrême*

La stèle au bord du chemin

ÈS avant notre naissance, à peine formés dans la nuit du corps maternel, nous sommes en partance ; en partance pour la vie, et déjà « en mourance » puisque les deux mouvements sont liés, que sans cesse il nous faudra passer d'un état à un autre et à la fin quitter l'enclos de gestation où nous étions lovés, nous arracher aux eaux des limbes. Pour devenir adulte nous aurons ensuite à nous exiler hors de l'enfance puis de l'adolescence, et ainsi d'âge en âge glisser dans un lent flux de menues métamorphoses. On n'accède à la vie, on ne s'y maintient et on n'y croît qu'en partant constamment, qu'en mourant discrètement, par touches infimes, à soi-même. En partant devant soi, en allant dans le temps jour après jour comme autant de marches, pas à pas – jusqu'à l'ultime pas au-delà.

Ce parcours scandé de brisures, de pertes, de

renoncements forcés, nous est le plus souvent douloureux, il nous harasse et nous révolte.

> « Qui nous a ainsi retournés que nous,
> quoi que nous fassions, nous avons cette allure
> de celui qui s'en va ? Et comme, sur
> la dernière colline, d'où sa vallée entière se
> montre à lui,
> une fois encore, il se retourne, s'arrête, s'attarde,
> ainsi nous vivons et toujours prenons congé [1]. »

Mais le poète Rilke n'en reste pas à ce constat désenchanté, il pressent trop puissamment la nécessité profonde des multiples déracinements et abandons qui jalonnent le trajet de l'homme sur la terre, et il invite à devancer la fatale échéance, tête haute.

> « Devance toute séparation, comme si elle était derrière
> toi, semblable à l'hiver qui à l'instant s'en va.
> Car parmi les hivers, il en est un sans fin, tel
> que, l'ayant surmonté, ton cœur en tout survivra [2]. »

⁎⁎⁎

En chemin se lèvent donc des questions à mesure que surgissent les difficultés, les épreuves, les doutes.

En fait, les questions se lèvent d'elles-mêmes, comme une herbe sauvage poussant au gré des pas, car en vérité « rien ne va de soi », tout est sujet à étonnement, à interrogation, pas seulement l'extraordinaire mais aussi, et surtout, les simples choses, le banal, les prétendues évidences. « L'essence des choses et de l'homme se dit *mahout* (en hébreu), de la racine *mah* signifiant "QUOI". L'essence est la "quoibilité", néologisme que nous créons pour dire cette essence questionnante de l'homme, cette questionnabilité qui maintient l'être ouvert à la possibilité de ses possibles et de son futur. L'homme est une question, un "quoi", un "qu'est-ce ?", en hébreu un *mah*[3]. »

Et ces questions sont toujours les mêmes de génération en génération, toujours nouvelles pour chaque individu. Comme des stèles millénaires gravées d'obscures inscriptions, et qu'il revient à chacun de décrypter pour la première fois.

Parmi ces questions il y en a une qui se pose avec une acuité particulière, celle de l'existence de Dieu. Pour certains cette question est dénuée d'intérêt, ils l'éludent comme on contourne un piètre obstacle qui ne vaut pas qu'on s'y confronte ; ils la négligent par indifférence, ou par paresse. D'autres la prennent en considération, mais sans conviction ; ils l'enfouissent au fond d'une poche, la tâtonnant de temps à autre, du bout des doigts, aux heures creuses ou au contraire houleuses de l'existence. Ce sont les indécis, les intermittents de la foi.

D'autres s'arrêtent devant cette stèle énigmatique, et ils la prennent d'assaut, soit pour la faire tomber, la briser, soit pour la redresser et l'astiquer ainsi qu'un bouclier, qu'un sabre, qu'un fusil. Les premiers se rebiffent, agacés par la persistance de cette encombrante question qu'ils suspectent d'être illusoire, trompeuse, sinon nocive ; ils en font un cheval de bataille au nom de la liberté humaine avec plus ou moins de hargne et de pugnacité, et ils résolvent le problème par la négative pour faire place nette sur cette terre qu'ils déclarent fièrement orpheline de Dieu, de toute éternité, et consacrer ainsi le règne de l'homme seul, beau fruit du hasard et de ses propres forces, de ses désirs et de sa volonté. Ainsi « l'Insensé » de Nietzsche court-il en tous sens pour annoncer « ce formidable événement » – que « Dieu est mort » –, et il entre dans diverses églises pour y entonner un « *Requiem aeternam Deo* » tout en répétant : « A quoi bon ces églises, si elles ne sont les caveaux et les tombeaux de Dieu [4] ? »

Les seconds, eux, ne règlent pas la question par la négative mais par un excès d'affirmation, annulant par là tout questionnement ; ils assènent ce qu'ils décrètent une évidence à grands coups de massue. Ils adhèrent si violemment à cette vérité proclamée qu'ils font corps avec elle. Un corps guerrier. Et dans leur impatience que tous se plient à leur croyance ils coulent leur conception d'un Dieu chef de guerre dans le bronze, ou plutôt dans le métal et le feu des armes. Ceux-là font bien pire qu'escamoter la réponse à l'insondable question de l'existence de Dieu, ils la pourrissent, l'empoisonnent, la pétrifient. « L'idôlatrie commence avec l'impatience. L'impatience est idolâtrie. Elle veut "savoir", saisir, avoir sous la main de suite la figure de son Dieu. Vouloir "tout tout de suite" aboutit à tout figer : Dieu tout de suite, Dieu pétrifié, Dieu mort, veau d'or ! L'impatience : refus de donner la possibilité au temps d'être temps [5]. »

Ces impatients avides et coléreux ne sont plus en partance, ni en mourance, à l'instar de leur pesante idole ils sont déjà fossilisés, ils puent la mort et leurs vociférations sonnent le vide. Ce sont des sclérosés de la foi, traîtres aussi bien à Dieu qu'aux hommes.

D'autres encore entrent en lutte avec le mystère de Dieu, mais d'un Dieu vivant. Ils se collettent avec son insupportable silence et se roulent avec Lui dans la poussière, dans les pierres et les ronces, tels Jacob au gué du Yabboq ou Job échoué parmi les cendres, muni d'un tesson pour gratter les plaies qui lui dévorent la chair et l'âme. Mais sa parole aussi est un tesson qui frappe et écorche le ciel. Ceux-là sont des témoins, dressés comme d'immenses figures de proue à l'avant d'un navire dont toute la charpente a volé en éclats mais qui néanmoins poursuit sa route dans la tempête. Des figures de proue déhanchées, écorchées, qui boitent sans répit sur des eaux orageuses.

D'autres enfin entrent moins en lutte qu'en étreinte et en danse avec ce Dieu dont le mystère leur est merveille et amour fou.

> « Mon Ami, soyons en joie,
> Et allons-nous en nous voir en Ta beauté,
> Au mont ou à la colline
> Où l'eau pure vient jaillir,
> Et pénétrons plus avant dans l'épaisseur [6]. »

Pour ceux-là, lutteurs et danseurs enlacés vivacement à l'Invisible, la partance et la mourance ne font qu'un. Un mouvement continuel − mais au rythme tortueux, irrégulier, syncopé d'imprévus − en forme de spirale ; et plus s'élève le mouvement tourbillonnaire, plus s'évase un creux dans le corps de la spirale qui devient pure énergie.

NOTES

1. R.M. RILKE, *Élégies de Duino*, VIII, trad. J.F. Angelloz, Aubier-Montaigne, 1943.

2. R.M. RILKE, *Sonnets à Orphée*, II, 13, *op. cit.*

3. M.A. OUAKNIM, *C'est pour cela qu'on aime les libellules*, Calmann-Lévy, 1998, p. 55.

4. F. NIETZSCHE, *Le Gai Savoir*, chap. 125, trad. P. Klossowski, Union générale d'éditions, coll. « 10/18 », 1973, p. 208.

5. M.A. OUAKNIM, *Les Dix Commandements*, Le Seuil, 1999, p. 42.

6. JEAN DE LA CROIX, « Cantique entre l'âme et l'époux », in *Les Cantiques spirituels*, trad. R.P. Cyprien, Desclée de Brouwer, coll. « Les Carnets », 1996, p. 65.

Chemins sans issue

LES quelques modes d'approche – ou d'éloignement – de l'insondable question de l'existence de Dieu qui viennent d'être esquissés ne sont ni exhaustifs ni cloisonnés, pas mêmes exclusifs les uns des autres. On peut passer d'une attitude à une autre soit par glissement progressif, soit par brusque volte-face : chute ou envol. Toute partance est hasardeuse, ouverte à l'imprévu ; ainsi un long chemin droit, ascendant, peut-il soudain déboucher « en plein vide », un sentier de traverse s'entrouvrir *in extremis* au milieu des broussailles les plus inextricables… « Le raccourci ne permet pas de parvenir plus directement (vite) à un lieu, mais plutôt de perdre le chemin qui devait y conduire [1] », remarque Maurice Blanchot. Il s'agit donc d'emprunter de tels raccourcis, aussi buissonniers et incertains soient-ils, et pour cela il faut accepter de faire perdre le nord à notre raison férue de logique, de clarté et de preuves, laisser tournoyer en tous sens l'aiguille de notre boussole mentale.

Avant d'explorer ces chemins dérobés il est nécessaire de jeter un coup d'œil sur ceux, fréquemment parcourus, qui sont censés conduire vers une réponse à la question posée et qui en fait se révèlent des impasses. On se voue en effet à l'échec, et au désenchantement, tant que l'on part avec des idées préconçues quant à Dieu : ce qu'il « doit » être, en quel « lieu » il réside, comment il « conviendrait » qu'il intervienne dans les affaires humaines, dans « la gestion » de l'Histoire du monde. Ces préjugés sont louables, fondés sur une haute exigence de justice, de paix et d'harmonie. Mais d'ailleurs peut-on qualifier de préjugés ces revendications motivées par une douloureuse révolte face au mal aussi aveugle que virulent qui sévit sur la terre, broyant pêle-mêle les bons et les méchants dans sa tourmente, écrasant jusqu'aux petits enfants ? En vérité c'est le constat de faits accablants qui génère la conclusion : l'excès du mal en ce monde met radicalement Dieu en cause, en procès. Telle est l'attitude d'Ivan Karamazov, ulcéré par la souffrance des enfants, et qui, au nom de cette souffrance injustifiable, refuse catégoriquement toute idée d'une « harmonie supérieure », d'une réparation dans l'au-delà. « Ce qu'il me faut, c'est une compensation, sinon je me détruirai. Et non une compensation quelque part, dans l'infini, mais ici-bas, une compensation que je voie moi-même. » Comme cette compensation demeure introuvable ici-bas, Ivan déclare : « C'est par amour pour l'humanité que je ne veux pas de cette harmonie. Je préfère garder mes souffrances non rachetées et mon indignation persistante, même si j'avais tort ! D'ailleurs, on a surfait cette harmonie ; l'entrée coûte trop cher pour nous. J'aime mieux rendre mon billet d'entrée. En honnête homme, je suis même tenu à le rendre au plus tôt. C'est ce que je fais. Je ne refuse pas d'admettre Dieu, mais très respectueusement je lui rends mon billet [2]. »

Ils sont nombreux ceux et celles qui, par amour pour l'humanité et désir de justice, rendent leur billet tant le coût de l'entrée dans l'obscur Royaume de Dieu leur paraît exhorbitant, scandaleux.

Certains rendent leur billet « à la sortie », après avoir fait un tour dans le Royaume incriminé, mais cette visite est un leurre, le prétendu Royaume inspecté n'étant qu'une projection de ces justiciers outrés et révoltés, et ce qu'ils affirment avoir découvert de l'autre côté du miroir souillé du sang et des larmes des innocents n'est jamais que le sinistre terrain vague qu'ils avaient décidé par avance d'y trouver.

Dans un court roman, dense et insolite, intitulé *Le Bourreau*, Pär Lagerkvist met en scène divers personnages venus boire dans une taverne et qui tous évoquent des drames, récents ou anciens, survenus dans le pays : des crimes, et les exécutions des coupables, ou parfois d'innocents accusés à tort. Palabrant au milieu de leurs chopes de bière, ils lorgnent avidement du côté d'un buveur solitaire retiré au bout d'une table dans la pénombre et gardant un silence farouche. Un homme grand et fort, vêtu d'un costume rouge sang, et portant au front une marque au fer rouge. C'est le bourreau. Vers la fin du récit, au long duquel la tension n'a cessé de croître, les histoires sanglantes de se bousculer et la violence de se mettre en branle, le bourreau se lève et brise son silence. « Depuis l'aube des temps je fais mon métier et il ne me semble pas que je sois près d'en finir [...]. Nombreux sont ceux que j'ai sacrifiés aux dieux et aux diables, au ciel et à l'abîme, des coupables et des innocents en légions incalculables. J'ai exterminé de la terre des peuples entiers, j'ai saccagé et dévasté des royaumes. Tout ce que vous m'avez demandé, je l'ai fait. [...] On m'appelle et j'arrive. [...] C'est pour le mal l'époque du rut ! C'est l'heure du bourreau [3] ! »

Il est l'incarnation, ou plutôt la concrétion, la condensation extrême de la folie des hommes, de leur barbarie, le grand corps écarlate de leur insatiable cruauté. Il assume sa fonction, mais sans passion, avec dégoût même, dans la détresse. « La marque du crime est incrustée sur mon front, je suis moi-même un criminel condamné pour l'éternité. A cause de vous. Je suis condamné à vous servir. Et je reste fidèle à mon poste. Sur moi pèse le sang des millénaires [4]. »

Et il raconte aux buveurs de bière et de sang entassés dans la taverne comment un jour, n'en pouvant plus de porter le fardeau de la malédiction humaine, il s'est mis en route vers le lointain

palais de Dieu pour plaider sa cause devant Lui.
Il est parti le soir d'une énième mise à mort
— celle d'un homme à la voix douce qui avait
voulu sauver les hommes et le soulager, lui, le
bourreau, de son fardeau écrasant, en souffrant
et mourant pour eux tous. Ce condamné s'appe-
lait le Messie, mais « c'était un faible, qui n'avait
même pas la force d'un homme normal [5] ». Il a
présidé à son supplice, a monté la garde près de
la croix, « dans la puanteur de cadavre et de
saleté qui règne toujours en de pareils endroits ».
Mais l'étrange douceur de ce persécuté l'a
troublé au point qu'il a eu l'impression de crucifier son propre frère, ce qu'il n'avait jusqu'alors
jamais ressenti bien qu'ayant exécuté des
hommes et des femmes par millions.

    « Ce fut alors que me vint l'idée d'aller parler
à Dieu. Je quittai la terre et m'élevai vers les
cieux [...]. J'ai marché, marché, je ne sais
combien de temps. Il habitait terriblement loin,
Dieu. Enfin, je le découvris trônant devant moi,
grand et puissant, dans l'immensité céleste [6]. »
Alors, déposant sa hache ensanglantée devant le
trône divin, il dit qu'il n'en peut plus, il demande
à être libéré de sa charge. Mais Dieu reste
pétrifié sur son trône, impavide, « ses yeux
bombés, au regard vide comme le désert »,
fixant l'immensité glacée. Et le bourreau excédé
a beau hurler qu'il vient de crucifier son fils, le
Messie, l'autre demeure impassible, le visage
dur comme taillé dans la pierre. « Il n'y avait
rien à faire, conclut le bourreau. Personne à qui
parler. Rien. Je dus reprendre ma hache et
rebrousser chemin. Je compris que le crucifié

n'était pas son fils. […] Je m'en retournai, furieux et révolté, frissonnant le long du chemin [7]. »

Le bourreau rebelle est donc rentré bredouille de sa démarche auprès de Dieu, et lui aussi il « rend son billet ». L'entrée et la sortie de l'improbable Royaume de Dieu coïncident – rien qu'un trou plein de fange, de poussière. Et tant le personnage d'Ivan Karamazov que celui du bourreau, tous deux épris de justice, de clémence, d'harmonie ici et maintenant, sans plus de délai, secouent les cendres et la crasse de leurs pieds qui ont foulé en vain le seuil du Ciel. Ils s'en retournent, amers, parmi la faune humaine.

Ces deux personnages, par-delà leurs différences, ont en commun le courage et la ténacité d'être allés jusqu'au bout de leur faculté de réfléchir, de raisonner à partir d'une attentive observation de l'état des choses sur la terre. Un état des choses désastreux qui leur révulse le cœur, outrage leur sens moral, torture leur pensée : le mal est sempiternellement en rut, chaque heure qui sonne salue le triomphe des bourreaux, et Dieu se tait. « Il s'effrite comme un lépreux sur son trône et le vent sinistre de l'éternité répand sa poussière dans les déserts célestes [8] », conclut le bourreau désespéré.

Mais ce courage et cette obstination sont-ils suffisants pour garantir la validité de la conclusion ? Et si le bourreau s'était trompé de direction en prenant celle de Cieux lointains, s'était trompé de cible en visant un Dieu défini comme Tout-Puissant et réduit à cette unique caractéristique ? Ce Dieu qui se délite ainsi qu'une énorme statue lépreuse soudée à son trône-socle évoque plutôt un conglomérat de toutes les idoles que les hommes se sont forgées au fil des siècles.

Le désir de justice et de paix, aussi opiniâtre et brûlant soit-il, ne suffit donc pas dans cette quête de sens, il faut encore accepter le risque de transgresser les frontières de la raison, du « bon sens » et de la logique, faire subir un bouleversement vertigineux à nos habitudes mentales.

Le psalmiste, le prophète Isaïe, l'apôtre Paul à leur suite ne nous ont-ils pas depuis longtemps prévenus ? : « Je détruirai la sagesse des sages, et l'intelligence des intelligents je la rejetterai. Où est-il, le sage ? Où est-il, l'homme cultivé ? Où est-il, le raisonneur de ce siècle ? Dieu n'a-t-il pas frappé de folie la sagesse du monde ? Puisqu'en effet le monde, par le moyen de la sagesse, n'a pas reconnu Dieu dans la sagesse de Dieu, c'est par la folie du message qu'il a plu à Dieu de sauver les croyants. » (1 Co 1,19-21.)

La route des Cieux hauturiers avec pour terminus un potentat cosmique et apathique est sans issue, autant jeter d'emblée son billet d'entrée et aller vite fureter ailleurs. Du côté de raccourcis très buissonniers, inévidents, et en pleine Terre si possible.

Car comment pourrions-nous renoncer « à ce qu'il y a d'absolu sous nos pas » ?, à ce désir ardent en sourde pulsation au fond de notre

cœur, à ce vent qui mugit sous nos pieds...
L'absolu nous colle au cœur et aux semelles.

La partance ne fait que (re)commencer, là
même où elle semblait stoppée, enlisée ; la
mourance ne fait qu'éclore, puisque de Dieu
« insondables sont les jugements et indéchif-
frables les chemins ! » (Rm 11,33).

NOTES

1. M. BLANCHOT, *L'Écriture du désastre*, Gallimard, 1980,
p. 174.
2. F. DOSTOÏEVSKI, *Les Frères Karamazov*, trad.
H. Mongault, Le Livre de Poche, 1962, t. I, p. 287 et 288
(l'ensemble du chapitre IV, livre V, p. 278 à 289 est à lire).
3. P. LAGERKVIST, *Le Bourreau*, trad. M. Gay & G. de
Mautort, Stock, coll. « La bibliothèque cosmopolite », 1997,
p. 103 et 105.
4. *Ibid.*, p. 105.
5. *Ibid.*, p. 109.
6. *Ibid.*, p. 116.
7. *Ibid.*, p. 116.
8. *Ibid.*, p. 117-118.

Secrète chance

Nous ignorons la secrète chance
qui veille au cœur brûlant
de chaque rencontre.
Notre folie est hasardeuse.

Alain SUIED,
« Actes de Présence »

Paradoxe 1
A la clarté de l'ombre

POUR Ivan Karamazov, pour le bourreau fourbu de Pär Lagerkvist, et pour tous les révoltés au nom de l'humanité mi-barbare mi-victime et si souvent souffrante, la rencontre avec Dieu n'a pas eu lieu pour cause d'absence, ou de parodie, à l'endroit qu'ils avaient préalablement fixé pour le rendez-vous. Ils ont surestimé la force et la pertinence de leur propre sagesse et sous-estimé la folie de Dieu, son imprévisibilité. Du coup ils ont raté « la secrète chance qui veille au cœur brûlant » de l'inconnu.

Aussi extrême soit leur démarche, elle est vouée à l'échec tant qu'ils ne consentiront pas à opérer une véritable « révolution copernicienne » sur le plan spirituel et, pour ce faire, à tout décentrer, tout chambouler dans leurs modes de penser.

Un texte, en apparence fort éloigné du problème ici soulevé, peut aider à dés- et ré-orienter la boussole que nous avons coutume d'utiliser quand nous nous aventurons vers l'immense point d'interrogation que Dieu érige à l'horizon de nos pensées. C'est *La Lettre volée* d'Edgar Allan Poe. Poe, que Dostoïevski qualifiait d'« écrivain non pas fantastique, mais plutôt fantaisiste. Et quelles étranges fantaisies, quelle audace dans ces fantaisies ! [...] Un trait le distingue résolument de tous les autres écrivains et constitue sa nette particularité : c'est sa puissance d'imagination. Non qu'il l'emporte en imagination sur tant d'autres écrivains ; mais il y a dans sa faculté d'imagination une singularité que nous n'avons rencontrée chez nul autre : c'est la vigueur des détails. [...] C'est [cette] puissance d'imagination, ou plutôt de représentation, qui se manifeste dans le conte de la lettre perdue [1]... »

Dans ce récit les détails en effet fourmillent, même l'apparence de la lettre disparue puis retrouvée est minutieusement décrite (le format, le chiffre et la couleur du sceau, le graphisme de la suscription), et la petite phrase malignement écrite à la fin dans la lettre substituée est également indiquée. Mais pas le contenu de la lettre initiale, celle-là même qui est un brûlot et autour de laquelle tourne toute l'enquête. Au lecteur de deviner, s'il le désire.

Le récit démarre dans une petite bibliothèque privée, ou cabinet d'étude, plongée dans une pénombre enfumée et moelleuse, où méditent deux personnages, le narrateur et son ami Dupin.

Arrive une de leurs connaissances, M. G..., le préfet de police de Paris, qui a été chargé en haut lieu d'élucider une « affaire excessivement *bizarre* », et qui reste bredouille [2]. D'emblée, le sagace enquêteur Dupin rétorque : « Simple et bizarre. » Mais le préfet de police insiste : « Cette affaire nous déroute complètement. » Dupin aussi insiste : « Peut-être est-ce la simplicité même de la chose qui vous induit en erreur. » Ce à quoi l'autre s'esclaffe, « en riant de bon cœur » devant une telle énormité : « Quel non-sens vous nous dites là ! » Et le dialogue continue, sur des rails qui s'écartent. « Peut-être le mystère est-il un peu trop clair », poursuit Dupin en soulignant l'adverbe « trop ». Et l'autre rit de plus belle, « Oh, bonté du ciel ! qui a jamais ouï parler d'une idée pareille. » Dupin est tenace : « Un peu trop évident », ajoute-t-il encore, toujours appuyant sur l'adverbe. Et le préfet en pleure presque de rire tant ces remarques lui semblent absurdes.

Et si le mystère du Dieu inconnu était lui aussi « simple et bizarre », d'une simplicité confondante, d'une clarté aveuglante, d'une évidence trop flagrante ? Et si nous nous épuisions à chercher midi à quatorze heures, à vingt heures, à minuit, et Dieu aux antipodes ? Par manie de penser selon nos normes au fond bien étroites, de tout peser sur nos fragiles balances humaines, tout mesurer à l'aune de nos critères, valeurs et concepts taillés avec beaucoup d'exigence et de finesse, certes, mais trop peu d'imagination, de fantaisie...

Une autre réflexion lancée d'entrée de jeu par Dupin, d'un air anodin, mérite d'être signalée. Alors qu'il s'apprêtait à allumer la mèche de la lampe, il s'en abstient dès qu'il entend le préfet annoncer qu'il est venu le consulter pour une affaire très embarrassante. « Si c'est un cas qui demande de la réflexion, nous l'examinerons plus convenablement dans les ténèbres », observe-t-il. L'instinct de Dupin est aigu, il sent quelle atmosphère est propice pour examiner tel ou tel sujet. Si celui-ci est complexe (ou voilé par un « trop plein » de simplicité), l'obscurité seule lui siéra, la pensée y sera à son aise pour se mouvoir à tâtons parmi les pièges et les secrets dont l'affaire à résoudre est truffée. Il y a nécessité à mettre l'extérieur et l'intérieur au diapason d'un égal clair-obscur.

Cette « technique » de l'obombrage du lieu où l'on se retire pour pouvoir mieux réfléchir, se concentrer, est pratiquée par toute personne qui a une énigme à percer, des hypothèses à échafauder, une idée vague mais obsédante à cerner, une intuition à faire mûrir, un sentiment à laisser se déployer, un doute à sonder, un souvenir à exhumer... La liste serait longue de tous les « je-ne-sais-quoi » qui nous troublent, de-ci de-là, l'esprit, le cœur, la mémoire, et que l'on ne peut pister qu'à l'insu de nos facultés raisonnantes, calculantes. Cela concerne aussi bien le détective que le scientifique, le philosophe, l'artiste, l'amoureux, tous ceux dont l'attention se trouve requise par quelque chose qui les dépasse, les attirant et les déroutant à la fois.

Les peintres sont particulièrement sensibles à

la fécondité de la pénombre. Léonard de Vinci, dans ses *Carnets*, conseille « d'observer dans la rue à la tombée du soir les visages des hommes et des femmes quand le temps est mauvais », car alors, « quelle grâce et quelle douceur se voient en eux ». Rembrandt n'a cessé de puiser, toujours plus profondément, ses couleurs dans la nuit, de les en extraire comme des fragments d'or arrachés à la roche. Quant au Greco, il s'enfermait dans son atelier de Tolède, rideaux tirés, et restait là à méditer dans l'obscurité alors qu'un soleil printanier éclaboussait la ville, ainsi que l'a raconté son ami Giulio Clovio, précisant : « [...] car la lumière du jour troublait sa lumière intérieure ». Il fallait au Greco immerger le visible dans la nuit comme en des eaux lustrales, l'y laver et l'y tordre, avant de le faire rejaillir tout ruisselant de lueurs lunaires, ondoyantes, de coulées aussi laiteuses qu'étincelantes. Un visible transfiguré, spiritualisé, car s'élançant d'un jet tortueux hors de la tombe où il était descendu et avait séjourné. C'est la même démarche que suivent les mystiques.

> « A l'obscur et en assurance,
> Par l'échelle secrète, déguisée,
> [...]
>
> Au sein de la nuit bénie,
> En secret – car nul ne me voyait,
> Ni moi je ne voyais rien –
> Sans autre lueur ni guide
> Hors celle qui brûlait en mon cœur.
>
> Et celle-ci me guidait,
> Plus sûre que celle du midi,

Où Celui-là m'attendait
Que je connaissais déjà,
Sans que nul en ce lieu ne parût.

O nuit ! toi qui m'as guidée,
O nuit ! plus aimable que l'aurore [3] […] »

Ainsi chante saint Jean de la Croix en entreprenant sa lente avancée dans la double nuit des sens et de l'esprit. Pénétrer dans la nuit, c'est entrer en mourance, franchir les frontières de la raison, du connu, des lumières dites « naturelles ». C'est se risquer dans le grand large, sans autre repère qu'un feu follet courant à travers le cœur, sans autre guide que les pulsations de ce cœur désamarré, enamouré.

NOTES

1. F. DOSTOÏEVSKI, « Trois contes d'Edgar Poe », in *Récits, chroniques et polémiques*, trad. G. Aucouturier, Gallimard, coll. « Bibliothèque de la Pléiade », 1969, p. 1091-1092.

2. E.A. POE, *La Lettre volée*, trad. Ch. Baudelaire, Librio, 1995. Toutes les citations de ce texte sont extraites de cet ouvrage.

3. JEAN DE LA CROIX, « La nuit obscure » (Cantique de l'âme), in *Les Cantiques spirituels, op. cit.*, p. 39.

Paradoxe II
Nulle part, donc encore ailleurs

MAIS au fait, qu'est-ce qui tourneboule à ce point le préfet de police ? De quelle délicate mission l'a-t-on chargé ? On l'a informé « qu'un certain document de la plus haute importance avait été soustrait dans les appartements royaux », et on lui a confié la tâche de le récupérer. On connaît le voleur, il y a eu flagrant délit. Et le voleur sait que sa victime l'a vu dérober le précieux document. L'affaire est simple, en effet, et même d'une simplicité à en bailler d'inintérêt tant cela paraît banal, un peu bouffon presque. Alors, où niche la difficulté, d'où vient l'embarras du préfet de police ?

Du haut rang des personnes impliquées, d'abord : le voleur est un ministre, jouissant d'un droit d'entrée jusque dans le boudoir royal en compagnie du monarque, lieu où le larcin a été commis. La victime n'est autre que la reine. Le butin consiste en une lettre compromettante pour sa destinataire. Le ministre rusé et sans

scrupule ayant remarqué la confusion de la reine
un instant plus tôt surprise dans sa lecture par
l'entrée impromptue « de l'illustre personnage à
qui elle désirait particulièrement cacher » le
contenu de la missive, a dérobé celle-ci, comme
par inadvertance, sous les yeux du couple royal,
sachant que la reine ne pouvait rien dire pour ne
pas alerter l'attention du monarque. Et depuis il
use du fait de recéler cette lettre dans un but politique. Comme c'est la possession de ce document qui confère au ministre son ascendant sur
la personne royale flouée, il va de soi que le
voleur l'a gardée chez lui. Mais la cachette reste
introuvable.

« Je crois que j'ai scruté tous les coins et
recoins de la maison dans lesquels il était
possible de cacher un papier, dit le préfet, nous
avons cherché partout. » Et il énumère tous les
endroits que lui et ses hommes ont passé au
peigne fin, nuit après nuit, pendant des
semaines. Ils ont fouillé avec une extrême
minutie l'hôtel particulier du ministre de la cave
au grenier, ausculté les murs, les planchers, les
boiseries, examiné « à l'aide d'un puissant
microscope » chaque meuble, tâté et retourné
les tapis, les tentures, les rideaux, les coussins, les
moindres tissus, inspecté toute la bibliothèque,
livre par livre, feuillet par feuillet, sondé chaque
reliure… En vain. Le préfet est au désespoir et
s'apprête à déclarer forfait après avoir renouvelé
l'ensemble de ces fouilles, toujours en vain.

Il nous arrive aussi de déclarer forfait face à
l'imbroglio des questions restées sans réponses

satisfaisantes tant elles sont contradictoires au sujet de Dieu, et de clore l'enquête en estimant l'avoir menée à son terme.

Dieu demeure introuvable, bien qu'ayant été assidûment recherché « partout » : dans l'univers, dans la nature, dans le troublant miracle de la vie apparue sur la terre, dans les plis et replis de l'Histoire, dans l'homme labyrinthique. Mais partout justement où nous avons jeté nos filets, braqué nos télescopes, collé nos microscopes, nous avons ramassé des déchets en si grand nombre, et parfois si putrides, que nos doutes ont fini par basculer du côté de la désillusion, du désenchantement. Car en chaque domaine d'investigation, au revers des splendeurs rencontrées, nous nous sommes heurtés, blessés à de la violence, à de l'arbitraire, à du gâchis, à de l'injustice, et cela à outrance. Sont-ce là des preuves de l'existence de Dieu ? Bien plutôt des preuves à charge. Quant à celles que de très fins esprits ont concoctées pour attester que Dieu existe, elles paraissent peu convaincantes et ont de fâcheux airs de tours de passe-passe. « Les preuves de Dieu métaphysiques sont si éloignées du raisonnement des hommes, et si embrouillées, qu'elles frappent peu ; et quand cela servirait à quelques-uns, cela ne servirait que pendant l'instant qu'ils voient cette démonstration, mais une heure après ils craignent de s'être trompés [1] », constatait Pascal.

Et l'on comprend ceux qui, n'y croyant pas, ou plus, se gaussent de l'Insensé qui court en plein midi une lampe à la main sur la place du marché, tout en criant : « Je cherche Dieu ! Je

cherche Dieu ! – L'a-t-on perdu ? dit l'un.
– S'est-il égaré comme un enfant ? dit un autre.
– Ou bien se cache-t-il quelque part ? – A-t-il
peur de nous ? – S'est-il embarqué ? – A-t-il
émigré [2] ?... »

Les athées, quand ils se sont donné le mal
d'arpenter longtemps les géographies du vide
divin, ont souvent plus d'intuitions que certains
croyants assoupis dans leur foi ou tout
amidonnés de dogmes. Les écouter est vivifiant,
alors que subir les discours des seconds est
parfois lénifiant, voire exaspérant.

Ceci dit, si l'on perdure envers et malgré tout
dans l'aventure de la partance, il nous faut bien
continuer à avancer dans le vide, qui persiste
pourtant à se montrer sans fin, et aussi bien, à
l'occasion, sous les quolibets de ceux qui ont
conclu au néant que sous les imprécations de
ceux qui se sont autodéclarés soldats d'un Dieu-
idole et qui ne tolèrent aucun doute, aucune
critique, pas même l'inquiétude. Mais qui parle
de partance dit mourance, et donc endurance.

NOTES

1. B. PASCAL, *Pensées et opuscules* (Pensées, section VII,
§ 543), édition établie par L. Brunschvicg, Hachette,
coll. « Classiques », 1971, p. 570.

2. F. NIETZSCHE, *Le Gai Savoir, op. cit.*, p. 208.

Paradoxe III
Flagrance de l'éclipse

« JE crois… réellement, G…, que vous n'avez pas fait tout votre possible… vous n'êtes pas allé au fond de la question. Vous pourriez faire… un peu plus, je pense du moins, hein ? » dit Dupin en détachant ses mots avec lenteur à l'adresse du préfet de police qui vient de confesser son impuissance tout en jugeant avoir accompli son devoir au mieux. Et il n'a pas tort, Dupin, puisque lui, il a trouvé la lettre volée réputée indétectable. Tout seul, sans bruit, mains dans les poches.

Et c'est là que le récit d'Edgar Poe exhale toute sa saveur, quand Dupin raconte de quelle façon il a procédé pour dénicher la fameuse cachette.

Après avoir rendu hommage aux détectives de la police qu'il reconnaît « persévérants, ingénieux, rusés et [possédant] à fond les connaissances que requièrent spécialement leurs fonctions », il émet une réserve. Ces détectives ont certes excellé « dans le cercle de [leur] spécialité », les mesures qu'ils ont prises « étaient bonnes dans l'espèce et admirablement exécutées », mais elles avaient néanmoins un défaut : celui d'« être inapplicables au cas et à l'homme en question ». Car le cas n'est vraiment pas banal et le voleur est hors catégories. Non content d'être ministre, « homme de cour et intrigant déterminé », il est aussi « poète et mathématicien ». Dupin appuie sur la petite conjonction de coordination « et » pour bien laisser entendre que la parfaite maîtrise des raisonnements mathématiques et de la logique ne suffit pas pour bâtir une telle énigme, pour inventer une cachette aussi sophistiquée. Un brin de fantaisie s'avère indispensable, un soupçon d'insolence, un zeste de folie. Autant de très subtils ingrédients qui ont complètement échappé aux talentueux limiers de la police. Ceux-ci ont sous-estimé le voleur – son sens du jeu, du défi, son art du risque. Et c'est pourquoi ils ont fait chou blanc.

Prisonniers de leurs connaissances, de leurs méthodes d'investigation, de leurs idées bien rôdées par l'expérience dans « le cercle de leur spécialité », ils n'ont pas su, pas pu imaginer l'originalité du scénario élaboré par l'homme de cour – joueur et tricheur – mathématicien et poète. « Si le préfet et toute sa bande se sont trompés si souvent, explique Dupin, c'est d'abord faute de cette identification [avec l'intellect singulier de leur adversaire], en second lieu par une appréciation inexacte, ou plutôt par la non-appréciation de l'intelligence avec laquelle ils se mesurent. Ils ne voient que leurs propres idées ingénieuses ; et quand ils cherchent quelque chose de caché, ils ne pensent qu'aux moyens dont ils se seraient servis pour le cacher. »

Le voleur a donc pris soin de dédaigner toutes les caches habituellement choisies, car lui, au contraire des détectives lancés à ses trousses, a su se mettre à leur place, pénétrer leur intellect, saisir leur façon de raisonner et de procéder, anticiper leurs réactions, déductions, hypothèses… « Cet homme-là ne pouvait être assez faible pour ne pas deviner que la cachette la plus compliquée, la plus profonde de son hôtel, serait aussi peu secrète qu'une antichambre ou une armoire pour les yeux, les sondes, les vrilles et les microscopes du préfet. » Et fort de cette conviction, Dupin en a conclu que le voleur raffiné avait dû opter pour la simplicité. Ce qu'il avait d'ailleurs pressenti dès l'origine, et qui avait tant fait rire le préfet de police. Une simplicité confondante : Dupin a deviné que l'aigrefin, pour dissimuler la lettre volée, « avait eu recours à l'expédient le plus ingénieux du monde, le plus large, qui était de ne pas même essayer de la cacher ».

Et voilà Dupin qui s'en va un beau matin se présenter « comme par hasard » à l'hôtel du ministre. Il lui rend visite, comme ça, en passant. Lui et son hôte discutent de tout et de rien, jouent la comédie mondaine. Il opère à l'inverse des policiers : eux perquisitionnaient la nuit, en catimini, et réfléchissaient le jour ; lui débarque en plein jour, à visage découvert, après avoir longuement médité « dans les ténèbres ». Il s'est juste muni d'une paire de lunettes, prétextant une faiblesse des yeux.

Tout en conversant il inspecte la pièce où il est reçu – en douce, avidement, de derrière ses gros verres de lunettes. Il lorgne ainsi jusqu'à ce que son regard tombe sur « un misérable porte-cartes, orné de clinquant, et suspendu par un ruban bleu crasseux à un petit bouton de cuivre au-dessus du manteau de la cheminée. Ce porte-cartes, qui avait trois ou quatre compartiments, contenait cinq ou six cartes de visite et une lettre unique. Cette dernière était fortement salie et chiffonnée », à demi déchirée, et semblait avoir été « jetée négligemment, et même dédaigneusement dans l'un des compartiments supérieurs du porte-cartes. » Aucun rapport en apparence avec la lettre si âprement recherchée, même le sceau apposé sur la lettre est différent, ainsi que l'écriture, l'adresse…

« Mais le caractère excessif de ces différences, fondamentales en somme, la saleté, l'état déplorable du papier, fripé et déchiré, qui contredisaient les véritables habitudes [du ministre] si méthodique, et qui dénonçaient l'intention de dérouter un indiscret en lui offrant toutes les apparences d'un document sans valeur », excite l'attention de Dupin. Enfin, un dernier détail pulvérise les ultimes doutes de cet observateur aux aguets : les bords de la lettre glissée comme par mégarde dans le porte-cartes « étaient plus éraillés que *nature*. Ils présentaient l'aspect cassé d'un papier dur, qui, ayant été plié et foulé par le couteau à papier, a été replié dans le sens inverse, mais dans les mêmes plis qui constituaient sa forme première. […] La lettre avait été retournée comme un gant, repliée et recachetée. »

Une idée simplissime que cette trouvaille, un vrai jeu d'enfant. Un coup de génie que ce renversement : le gant retourné entre en éclipse, l'excès d'évidence s'avère un éminent cache-cache.

De cette lettre camouflée dans sa seule nudité juste un peu barbouillée, Dupin va s'emparer à la barbe du voleur. La partie de poker est finie, le flambeur impénitent vient de se faire rouler, sa ruse est démasquée.

Paradoxe IV
L'infini dans un souffle

ET si Dieu lui aussi était un flambeur ? Le plus osé des flambeurs, non par malignité et ivresse du pouvoir, mais par souci et pure prodigalité ?

Oui, il aurait « joué gros », comme on dit ; joué sa crédibilité, sa capacité de donner créance aux hommes en sa souveraine Personne en évacuant sa Toute-Puissance, en la retournant comme un gant. Car un Dieu qui n'affiche plus son omnipotence, qui ne fait pas resplendir sa gloire avec solennité, qui n'assène pas sa volonté et son implacable justice avec fracas, risque fort de passer inaperçu, ou carrément de décevoir. Soit on l'ignore, faute de l'avoir remarqué, soit on le tient à distance, en suspicion même, avec mépris et colère parce qu'il manque vraiment trop d'éclat, d'autorité, de poigne. Il n'en impose pas. Or les humains aiment bien qu'on leur en impose, qu'on les éblouisse, quitte à trembler un peu, ou à jalouser…

Un Dieu « versatile », donc, ou plutôt mobile, prodigieusement inventif et imprévisible, capable de revirement à 180 degrés dans sa relation avec les hommes – car les hommes eux aussi changent, évoluent au sein d'un monde lui-même en perpétuelle évolution. Et cette souplesse, loin d'amoindrir l'Alliance conclue entre Dieu et les hommes, loin de distendre les liens, revivifie au contraire l'Alliance, retisse et resserre les liens – selon d'autres motifs (au double sens de dessin et d'intention). Ce n'est pas la rigidité qui fait la sève de la fidélité – elle la menacerait plutôt de sécheresse, de sclérose –, mais la souplesse, la fluidité. « Il y a un moment pour tout et un temps pour toute chose sous le ciel », dit l'Ecclésiaste. « Un temps pour chercher, et un temps pour perdre ; un temps pour garder, et un temps pour jeter. Un temps pour déchirer, et un temps pour coudre ; un temps pour se taire, et un temps pour parler. » (Qo 3,1.6-7.) Cette alternance rythme la relation entre Dieu et les hommes. Au sein même de son éternité Dieu est passé d'un « temps » de Créateur Tout-Puissant (temps intemporel) à un « temps » de Père Tout-Aimant (temps inscrit dans l'Histoire humaine). Et dans cette Histoire également Dieu « s'est comporté » diversement.

Ainsi que l'on songe à deux théophanies : celle dont Moïse fut le témoin – actif – au Sinaï –, et celle qui surprit Élie – passif – au mont Horeb. Le renversement entre les deux est radical, et cependant il n'y a pas rupture.

« La gloire de Dieu s'établit sur le mont Sinaï,

et la nuée le couvrit pendant six jours. Le septième jour, Dieu appela Moïse au milieu de la nuée. L'aspect de la gloire de Dieu était aux yeux des Israélites celui d'une flamme dévorante au sommet de la montagne. » (Ex 24,16-17.) Le spectacle ici est grandiose : nuée et flamme intense s'élançant au sommet de la montagne, comme un arbre géant ou un geyser de feu. Dieu a préparé sa venue, « son entrée », il appelle Moïse ; et celui-ci n'est pas seul, les spectateurs forment une foule, tout le peuple accompagne le prophète. Tous peuvent voir, assister au phénomène extraordinaire.

Moïse dialogue avec Dieu. « Il Lui dit : "Fais-moi de grâce voir ta gloire." Et Il dit : "Je ferai passer devant toi le nom de YWHW. […] Voici une place près de moi ; tu te tiendras sur le rocher. Quand passera ma gloire, je te mettrai dans la fente du rocher et je te couvrirai de ma main jusqu'à ce que je sois passé. Puis j'écarterai ma main et tu verras mon dos ; mais ma face, on ne peut la voir." » (Ex 33,18-19.21-23.) La mise en scène est rigoureuse, de plus elle est annoncée et commentée par l'Éternel en Personne qui se décrit à l'Image – magnifiée – de l'homme : il parle de « sa main », de « son dos », de « sa face ». Laquelle demeure soustraite au regard de Moïse, à *tout* regard. Il est à noter que dès qu'Il évoque sa face in-contemplable, Dieu glisse du « tu » au « on », du dialogue à un édit universel.

André Chouraqui traduit le verset 23 de ce chapitre en ces termes : « Puis j'écarte ma paume, et tu vois mon envers ; mes faces ne se verront pas. » L'impossibilité de voir Dieu de face est si absolue que tout sujet se trouve exclu d'emblée de l'énoncé comme le suggère la tournure pronominale de la phrase à fonction de voix passive. L'homme est frappé d'un interdit/ impuissance si extrême qu'il semble soudain réduit à rien, par avance dissous dans la fulgurante énergie irradiée par « les faces » de Dieu, ce pluriel renvoyant à l'infinitude du Dieu unique. Seul son « envers » peut être aperçu. Le mystère reste scellé à l'avers.

Tout autre se présente la théophanie à l'Horeb. Dieu ne convoque pas Élie, bien au contraire il semble le découvrir et s'étonner de sa présence dans la grotte où celui-ci s'est réfugié. « Que fais-tu là, Élie ? » (1 R 19,9.) Chouraqui traduit : « Comment, toi ici, Élyahou ? » Une rencontre inattendue, en apparence. Qu'a donc fait le Très-Haut de son omniscience ? Mais il y a des antécédents à cette mise en suspens de l'omniscience divine, et cela dès l'origine. « Où es-tu ? » appelle le Créateur se promenant dans le jardin d'Éden (Gn 3,9) et ne trouvant pas l'homme et la femme qui se sont cachés, honteux de leur nudité. « Qui t'a appris que tu étais nu ? » demande-t-Il à l'homme vêtu en hâte de feuilles de figuier. Et plus tard il interpelle Caïn le fratricide : « Où est ton frère Abel ? » (Gn 4,9). Dieu feint-il l'ignorance pour inciter l'homme à s'exposer, à avouer et à s'expliquer, ou a-t-il renoncé délibérément à son omniscience pour préserver la liberté de l'homme ?

Alors que Dieu protège Moïse en l'abritant au cœur du rocher, il invite Élie à sortir. « Sors et tiens-toi dans la montagne devant YHWH. » Et le non-spectacle commence devant cet unique spectateur, sans préliminaires ni commentaires. « Et voici que YHWH passa », est-il dit sobrement. Mais la mise en scène de ce non-spectacle est insolite, « l'auteur-acteur » tarde à entrer en scène. Un ouragan, un séisme, un brasier déferlent coup sur coup, et à chaque fois Dieu est absent. Survient le murmure d'une brise, une voix de subtil silence, et aussitôt Élie se voile le visage. Si par trois fois l'absence de Dieu a été précisée, à ce moment la présence de Dieu n'est pas mentionnée. Mais Élie a *senti*, et cela suffit. Le visage enfoui dans son manteau, il se tient en veilleur au seuil de la grotte et l'instant de pure grâce ne lui échappe pas.

Pas de nuée ni de flamme dévorante donc, pas de « main ni de dos ni de faces » aveuglantes, pas de discours, rien. Rien qu'une faible brise, un soupir de silence. « Je suis Celui qui suis » qui s'est ainsi nommé devant Moïse ne dit rien à Élie, il ne se nomme pas. Il est « Celui qui passe », Celui qui va, immatériel, léger. Incognito.

Mais voilà que Celui qui vient de passer dans un souffle s'étonne à nouveau. « Comment, toi ici, Élyahou ? » demande-t-il pour la seconde fois comme au sortir d'un songe. Son omniscience est vraiment en sommeil, sa distraction est grande ! Ou alors il s'étonne peut-être de la patience de son serviteur, de son incroyable endurance (Élie n'a-t-il pas à l'instant subi trois

49

chocs violents quand les rochers ont éclaté autour de lui, puis tremblé sous ses pieds et enfin se sont embrasés ?). La frêle créature Élie est douée d'une foi bien plus inébranlable que ne l'est la montagne ; le roc s'est fendu, brisé, le cœur d'Élie n'a pas failli. D'ailleurs le prophète réitère la réponse qu'il a faite après le premier appel, il réaffirme qu'il arde, arde pour son Seigneur, et pour le rétablissement de l'Alliance une fois de plus rompue par ses frères. Et la menace de mort qui pèse sur lui provient moins des soubresauts telluriques et du danger de voir « les faces » de Dieu que de ses frères rebelles et traîtres qui ont renié leur foi et cherchent à le tuer, lui, le fidèle au Dieu unique.

Tout est renversé par rapport au spectacle grandiose offert à Moïse ; tout, surtout, est intériorisé. Même les trois cataclysmes survenus d'affilée – tempête, séisme, brasier – relèvent de l'intimité. Du moins peut-on les envisager sous un angle intérieur : ces intenses secousses et ce feu n'auraient pas tant assailli la montagne que l'homme Élie. Ce seraient trois coups de semonce pour l'avertir, du dedans, de l'imminence de la théophanie – on pourrait même parler ici de théogamie tant le phénomène évoque une union mystique, une extase spirituelle. Quant au mot « semonce » il convient de l'entendre en son sens ancien, du temps où il signifiait « invitation à une noce », justement. Et si l'on remonte encore plus loin, jusqu'aux racines du mot, on arrive à l'idée d'« instruire en secret » – le verbe latin d'où dérive « semonce » se composant de *sub* (qui signale une action

accomplie à la dérobée) et de *monere*
(« annoncer, faire songer à quelque chose,
avertir ») qui lui-même est issu d'une racine
indo-européenne, *men* (« avoir une activité
mentale »). C'est bien en ce sens (dans toute
l'épaisseur des strates de sens déposées dans le
mot « semonce ») qu'Élie est semoncé : il se
trouve tout à la fois secoué, informé dans le
secret de son cœur, submergé par un songe en
crue, et comme étreint de l'intérieur par une
« caresse » de Dieu, aussi fulgurante qu'impal-
pable ; les noces sont consommées, et le désir
reste aussi vif.

L'état dans lequel se trouve Élie juste avant
que ne s'éploie cette rencontre intime, « amoureuse » avec Dieu, le prédispose à cette
rencontre – à cette surprise, à ce rapt de l'âme.

Élie est un homme fourbu, il a enduré de
grandes épreuves et, s'il a rendu la vie à un
enfant décédé et sauvé celle de cent prophètes
de YHWH, il a aussi donné la mort à un bien
plus grand nombre : 450 prophètes de Baal sont
morts à cause de lui. Pourchassé pour ce crime
massif par la reine Jézabel, idolâtre de Baal, il
s'est sauvé au désert et là il s'est couché, souhai-
tant mourir à son tour. Pris dans la spirale de la
haine, de la violence, de la mort, il a touché le
fond du dégoût, de la détresse. Mais un ange est
venu et l'a contraint à boire et à manger pour
qu'il se remette en route. Car c'est à une autre
« mort » qu'est convié Élie, une mort au-dedans
de son être. Alors il repart en mourance ;
pendant quarante jours et autant de nuits il va

marcher jusqu'à atteindre le lieu où l'Éternel s'est révélé à Moïse et a conclu l'Alliance. Le lieu où « Celui qui passe » l'attend, – pour une rencontre « à l'improviste ».

Élie est un homme à bout ; c'est un homme esseulé, épuré par le jeûne, aiguisé par l'ascèse, épuisé par la marche. Mais plus que jamais tendu vers Dieu. Tellement tendu vers lui que soudain il le « touche ». Non pas de son corps, mais *dans* son corps. A ce contact tout son être entre en révolution, en irruption et vole en éclats, puis s'embrase. Ses sens, son esprit, son cœur sont dévastés de fond en comble, portés à incandescence. Alors, projeté dans un état mental d'une nudité et d'une réceptivité absolues, il sent, le temps d'un soupir, une ineffable caresse le frôler, l'irradier.

La mourance vient d'éclore en merveille.

Paradoxe V
Douceur exquise de l'abeille

Toi, Seigneur, tu étais devant moi ; mais moi j'étais parti loin de moi et ne trouvais plus moi-même, et moins encore, ô combien ! toi-même.

Saint AUGUSTIN, *Les Confessions* (V 2,2)

UN Dieu dépouillé de sa gloire et de tous les signes extérieurs de sa souveraine puissance a peu de chance de se faire reconnaître, et, même s'il est reconnu, il court le risque d'être rejeté.

L'histoire des deux disciples en route vers le village d'Emmaüs illustre admirablement le premier point, l'incapacité d'identifier le Dieu caché. Il est vrai que celui-ci a poussé à l'extrême la discrétion : Il s'est incarné, ce qui déjà paraît inconcevable, et inconvenant – « folie » pour les uns, « scandale » pour les autres. Il s'est de surcroît incarné au sein d'une famille pauvre et a vécu dans l'anonymat jusqu'à l'âge de trente ans ; pendant trois ans ensuite il se met à arpenter son pays à pied, flanqué d'hommes et de femmes ordinaires, certains issus des bas-fonds de la société, n'hésitant pas à côtoyer des réprouvés. Il prêche, mais tout en respectant scrupuleusement la Loi dont il n'entend pas supprimer un iota, il en brûle constamment les limites, il y ouvre des brèches inattendues, s'octroie une liberté de parole si déroutante que bien souvent elle choque. Certes, il accomplit des miracles (il n'est d'ailleurs pas le seul à détenir ce pouvoir) et la foule par moments s'enflamme pour lui, mais la foule est par nature oublieuse, ingrate, et surtout lunatique, n'hésitant pas à lyncher ses héros de la veille. Enfin, il se fait arrêter comme un vulgaire brigand, juger et maltraiter comme un bouffon de cour disgracié, puis clouer dans l'infamie et ensevelir en toute hâte. Non seulement il n'a pas pris sa propre défense durant le procès bâclé qui lui est intenté, mais il n'a pas eu recours à ces dons miraculeux qu'il avait si souvent exercés au cours de sa vie publique, ce qui lui vaut insultes et moqueries : « Les passants l'injuriaient en hochant la tête et disant : "Hé ! toi qui détruis le Sanctuaire et le rebâtis en trois jours, sauve-toi toi-même en descendant de la croix !" Pareillement les grands prêtres se gaussaient entre eux avec les scribes et disaient : "Il en a sauvé d'autres, et il ne peut se sauver lui-même ! Que le Christ, le Roi d'Israël, descende maintenant de la croix, pour que nous voyions et que nous croyions !" Même ceux qui étaient crucifiés avec lui l'outrageaient. » (Mc 15,29-32.)

L'argument selon lequel celui qui en a sauvé d'autres devrait pouvoir se sauver lui-même ne manque pas de bon sens, et le besoin de preuves nous est pugnacement ancré dans la raison (quitte, ceci dit, à nous emballer parfois en dépit du bon sens…). Mais le prétendu Dieu échappe à cette logique commune et surtout il refuse de donner des preuves flagrantes de son identité. On le prend donc, et c'est compréhensible, pour ce qu'il s'obstine à paraître : un homme, rien qu'un homme sans pouvoir ni défense, un simple mortel dont le corps saigne et ploie sous les coups, la douleur, et que l'angoisse accable à l'instant d'expirer. Même ses disciples en sont tombés à ce constat navrant, mortifiés, le soir de sa mort. Nous aurions fait de même, dans l'afflic-tion, l'indifférence ou l'ironie, selon, si nous avions été ses contemporains. D'ailleurs, jusqu'à aujourd'hui, la plupart des gens s'en tiennent toujours à cette conclusion, à commencer dans les milieux de ceux qui se disent néanmoins « chrétiens », se contentant d'admirer l'homme Jésus, mais répugnant à franchir le pas (qui est un ahurissant grand écart, il est vrai) qui leur ferait reconnaître la divinité du Christ. Or le christia-nisme est beaucoup plus qu'une morale, aussi sublime soit-elle, c'est une certaine vision de Dieu, une certaine interprétation de son mystère, et plus encore c'est une « théorie de l'homme », une « anthropologie » radicalement neuve et audacieuse, comme l'ont souligné aussi bien Simone Weil que le philosophe René Girard.

Les deux disciples, donc, cheminent vers Emmaüs, discutant des événements récents. Ils ont « le visage sombre » ; et pour cause : leur maître a été crucifié, et rien d'autre ne s'est passé que sa mort. Aucun miracle, aucun prodige, aucun démenti de la part du Ciel pour clamer haut et fort que cet homme-là était plus encore qu'un prophète, qu'il était d'essence divine. « Nous espérions, nous, que c'était lui qui allait délivrer Israël », confient-ils avec quelque amertume au passant qui s'est joint à eux et qui n'a l'air au courant de rien. Voilà déjà trois jours que le funeste événement a eu lieu ; on raconte bien parmi leur petit cercle de disciples bouleversés par ce deuil que le tombeau a été trouvé vide, que quelques femmes prétendent avoir eu « la vision d'anges qui le disent vivant » (Lc 24,22-24). Mais lui, nul ne l'a vu. On sent que les deux disciples ne croient guère à cette histoire, trop belle pour être vraie. La fin lamentable de leur maître a dû produire en eux un choc tel qu'à présent ils se montrent circonspects. Les promesses, c'est exaltant, mais si décevant quand elles ne sont pas tenues ; et cette fable du tombeau vide est bien jolie mais aucune preuve ne l'étaye.

« Ô cœurs sans intelligence, lents à croire à tout ce qu'ont annoncé les Prophètes ! Ne fallait-il pas que le Christ endurât ces souffrances pour entrer dans sa gloire ? » (Lc 24,25-26), s'exclame leur compagnon de route. Et il se lance dans une longue évocation des Écritures, mettant en relief tout ce qui dans les textes sacrés le concernait, lui, le Messie insolite, le Verbe fait chair – peau écorchable, peau à sueur et à sang, peau à larmes et à tremblements. Mais pour déceler dans les textes tout ce qui annonçait sa venue, encore faut-il les lire en creux, en filigrane, tout à la fois en profondeur (abyssale) et en douceur, en grand silence intérieur et ardente attention – comme Élie ouvrant son âme à l'imperceptible tintement de la brise furtive. Et pour cela il est au préalable nécessaire de renoncer à ses habitudes de lecture, aussi raffinées et complexes soient-elles, de s'expulser de son propre « royaume » mental ; alors on peut « s'identifier » (communier) avec l'Esprit qui irrigue le texte. (Dans *La Lettre volée* le détective Dupin préconise cette ascèse pour parvenir à « une identification de l'intellect de notre raisonnement avec celui de son adversaire » ; c'est là le nerf vital de l'enquête, et la clef de sa réussite.)

Impressionnés par les propos de ce compagnon de hasard (qu'ils avaient au début quelque peu rabroué en lui lançant : « Tu es bien le seul habitant de Jérusalem à ignorer ce qui est arrivé ces jours-ci ! », alors qu'il est l'unique à savoir ce qui s'est *réellement* passé...), les deux disciples désenchantés lui proposent de faire halte avec eux. « Reste avec nous, car le soir tombe et le jour déjà touche à son terme. » (Lc 24,29.) Phrase anodine, et si splendide !

Le soir tombe, la terre et le ciel vont bientôt se confondre, le visible va se dissoudre, et l'invisible respirer dans les ombres mouvantes.

Le soir tombe, les bruits alentour vont s'assourdir, le silence affleurer telle une eau grise et lente où les voix ondoieront d'échos inattendus.

Le soir tombe, les corps polis par la fatigue vont prendre du repos, se rafraîchir, et ressentir des sensations confuses, troublantes.

Le soir tombe, propice à l'écoute et au songe ;

la conscience peut se mettre en veilleuse, l'attention se délier et vagabonder en toute liberté, épanouie en « distraction », et muser parmi les ombres.

Le soir tombe − « reste avec nous », toi l'inconnu rencontré en chemin, et qui parle si étrangement. Reste avec nous, dans cet espace indéfini du couchant où tout peut arriver.

Il reste, il s'assied avec eux à la table du dîner, il prend le pain, prononce la bénédiction, le partage. « Leurs yeux s'ouvrirent et ils le reconnurent... » (Lc 24,31). Il a suffi qu'il rompe le pain pour du même coup déchirer la taie qui recouvrait leurs yeux, déchirer le voile qui obstruait leur ouïe, déchirer la gangue qui entourait leur esprit. Déchirer la brume qui leur poissait le cœur.

« Ils le reconnurent... mais il avait disparu de devant eux. » Il a brisé sa propre apparence. Il a brisé toutes les apparences. Il a brisé la peau du visible et la clarté de l'invisible afflue par cette brèche. Le soir bascule dans la nuit, dans un gouffre de nuit. Au cœur du gouffre luit le feu limpide d'une aube en train de poindre. Les disciples incrédules sombrent et s'envolent dans ce gouffre, et leur conscience éclate, elle se fait flamme, leur cœur s'aile d'intelligence.

« Et ils se dirent l'un à l'autre : "Notre cœur n'était-il pas tout brûlant au-dedans de nous, quand il nous parlait en chemin, quand il nous expliquait les Écritures ?" » Le feu couvait en eux, mais ils l'ignoraient. Une voix remuait en eux, mais ils ne l'entendaient pas. Un amour souriait en eux, mais ils ne le voyaient pas. Leur raison tatillonne, armée d'exigences, de principes, de préjugés, tenait ce feu sous le boisseau, cet amour en sommeil. La raison est si sérieuse, elle n'a pas à s'acoquiner avec ce trublion de cœur. La raison est adulte, elle n'a pas de temps à perdre avec ces enfantillages que sont les pressentiments, les prémonitions et autres signaux confus.

Le cœur est plein de feux follets, soit, mais il arrive parfois que d'entre ces flammeroles dispersées, inconstantes, une vraie flamme se lève, drue et vibrante tel un éclair, et qu'elle foudroie la raison orgueilleuse qui se prenait pour un chêne, qu'elle embrase la raison paresseuse qui croupissait dans son enclos. Des anges aussi se cachent parmi les farfadets. Des anges d'eau vive et de feu pur.

« L'abeille est petite parmi les êtres ailés,
mais ce qu'elle produit est d'une douceur exquise. » (Si 11,3.)

Les pieds merveilles

Qu'ils sont beaux, sur les montagnes, les pieds du messager qui annonce la paix,
du messager de bonnes nouvelles qui annonce le salut,
qui dit à Sion : « Ton Dieu règne. »

Isaïe 52,7

Les pas dans le jardin

PARTIR, c'est mourir un peu, beaucoup, passionnément...
Partir, Dieu lui-même a donné l'exemple, et l'élan. N'est-il pas « sorti » hors de son absolue complétude dès l'origine du monde pour laisser un espace à la Création – un espace en expansion continue où progressivement a germé, mûri et proliféré la vie ? N'est-il pas « sorti » hors de l'énorme chantier astral qu'il a mis en branle « jour après jour » –, des jours longs de milliards d'années ? « Élohim achève au jour septième son ouvrage qu'il avait fait. Il chôme, le jour septième, de tout son ouvrage qu'il avait fait. Élohim bénit le jour septième, il le consacre : oui, en lui il chôme de tout son ouvrage qu'Élohim crée pour faire. » (Gn 2,2-3.)
Dieu le Tout-Puissant se met à chômer, il se repose, il livre la Création à elle-même après l'avoir bénie. Et cette bénédiction est une signature invisible, à jamais vive et vivifiante, apposée

sur le corps mouvant de l'univers. Une signature immatérielle qui se faufile au creux de la matière, la parcourt comme un frisson, introduit dans sa masse une imperceptible fêlure. Un soupir.

Dieu est sorti en s'ex-primant. Au sens concret exprimer signifie « faire sortir par pression » ; Dieu répand son énergie dans l'univers par « pression » de cette incommensurable énergie, et le désir exerce cette pression. Désir d'altérité. Au sens abstrait exprimer signifie « rendre quelque chose sensible (intelligible) en en dégageant et en manifestant le sens » par le moyen du comportement, de l'art ou du langage.

Du fait de la Création, Dieu s'exprime désirant, et l'ampleur, la prodigalité de son désir il les exprime à travers son ouvrage – la Création, la vie qui y est née – et à travers son Dire. Son Verbe est effusion d'énergie et de vie.

Dieu ne porte pas cette Création ainsi qu'une inclusion fixée quelque part dans son propre Infini, et pas davantage il n'a planté en elle son trône. Il y vient « en visite », « en promenade ». Adam et Ève, après avoir mangé du fruit de l'arbre défendu « entendent la voix d'Élohim qui va dans le jardin au souffle du jour ». (Gn 3,8.) La voix de Dieu flâne sur la terre, parmi les herbes et les arbres du jardin. Comme plus tard elle glissera en un murmure très doux près de la grotte où se tiendra Élie, lui caressant et bouleversant le cœur. C'est le même mot, *qol*, au sens purement sonore (voix, bruit, son, vibration, cri…) qui est utilisé dans les deux cas. Mais certaines traductions, comme celle de la Bible de Jérusalem, transcrivent ce mot dans un autre registre : au lieu de « voix », elles proposent « pas ». « Ils entendirent le pas de Dieu qui se promenait dans le jardin à la brise du jour… » Peut-être certains traducteurs ont-ils estimé trop insolite cette alliance entre une voix et le verbe aller, se promener. Mais la dérive est intéressante, la voix se pare de la souplesse et du dynamisme d'un pas de promeneur, et le pas de l'extrême légèreté et de la liberté d'une voix.

Il est dit que ce pas vocal / cette voix passante se baladent « au souffle » du jour, « à la brise », se confondant presque avec ce vent ténu, cette respiration de la terre et du temps.

Le pas, la voix, le souffle – c'est la Vie qui va, qui se meut, palpite.

***

Mais Dieu ne déambule pas sans aucun but, il cherche l'homme et la femme. S'il a décidé de « chômer », de se retirer en tant que Tout-Puissant de sa Création, il n'est pas pour autant un « désœuvré ». Son œuvre, dorénavant, ne consiste plus qu'à aimer et à se soucier de ses créatures auxquelles il a octroyé, comme à l'ensemble de la Création, pleine liberté. « Où es-tu ? » demande la voix en mouvement. Et l'homme fait cette étrange réponse : « J'ai entendu ton pas [ta voix] dans le jardin ; j'ai eu peur parce que je suis nu et je me suis caché. » (Gn 3,10.)

L'homme répond en avouant sa peur, sa

honte, et il se tient caché, figé dans l'ombre. L'homme déjà refuse la relation, ou du moins la distend, la voile. Alors, qui a inauguré le jeu de cache-cache, Dieu ou l'homme ?

« Où es-tu ? » Dans la peur et la honte, voilà où vient de se fourrer l'homme. Dans un trou, à l'abri des feuillages, à l'écart, délibérément. Dans un *no God's land*, replié sur lui-même, sur lui seul. Avec un peu plus d'aplomb, Adam aurait peut-être pu rétorquer, à l'instar du Zarathoustra de Nietzsche : « Mais nous ne voulons pas du tout entrer au royaume de cieux : nous sommes devenus des hommes − aussi voulons-nous le royaume de la terre [1]. »

Sitôt devenus des hommes, c'est-à-dire doués de pensée, de conscience du bien et du mal, et investis d'une souveraineté en ce monde, nous avons pris nos distances. Le pouvoir ne se partage pas, même avec un Dieu ayant renoncé à sa propre omnipotence, même avec un Dieu pourvoyeur de vie et de liberté. Car cela reste malgré tout très encombrant, un tel Dieu, il fixe certaines limites, il parle obscurément, il n'est jamais là où l'on s'y attend et surtout il demande à être aimé, or l'amour a un prix et exige des efforts, voire des sacrifices. Pire : l'amour, en fait, *n'exige rien*, il instaure une attente indéfinie, il mêle la joie et l'inquiétude et laisse toujours le désir sur sa faim. Nous préférons jouir du royaume de la terre en totale indépendance, sans avoir de comptes à rendre à qui que ce soit, fût-ce des comptes amoureux.

Mais la voix vagabonde ne se tait ni se

s'arrête. « Où est ton frère Abel ? » demande ensuite Dieu à Caïn. Et la réponse du fils fratricide vaut celle de ses parents tremblants dans leurs feuilles de figuier, ou plutôt elle la surpasse dans l'art de répondre « à côté » : « Je ne sais pas. Suis-je le gardien de mon frère ? » (Gn 4,9). Caïn ne trahit ni peur, ni honte, ni remords, lui, il ment et riposte avec morgue.

En un sens, c'est vrai que Caïn ignore où est son frère : il l'a repoussé si loin de son cœur, et en outre il ne sait rien de la mort où il vient de le précipiter. Caïn veut voracement le royaume de la terre des vivants, sans partage ni rivalité. Et cette dureté, cette âpreté, Caïn va les transmettre à sa descendance ; ainsi Lamek, quelques générations plus tard, entonne-t-il un fier et sauvage beuglement devant ses femmes : « Entendez ma voix, femmes de Lamek, écoutez ma parole : j'ai tué un homme pour une blessure, un enfant pour une meurtrissure… » (Gn 4,23). Il ne se cache pas du tout, Lamek, comme ses ancêtres, il ne ment même pas, il affirme avec orgueil son « droit » de tuer qui lui déplaît.

Mais la voix qui partout furète est aussi une ouïe, elle entend jusqu'au sang qui crie depuis le sol où il a été répandu. Et elle s'en fait l'écho. « Qu'as-tu fait ! » s'exclame la voix. La conscience de Caïn était sourde, il fallait qu'une autre voix que celle de la victime se fasse espace de résonance et lui renvoie le cri de l'innocent assassiné, lui ouvre la conscience.

La voix de Dieu en marche sur la terre depuis les origines est un immense champ de résonance où les cris de milliards de victimes montent à l'aigu et vibrent pour tenter de déchirer la surdité de leurs meurtriers. Cette voix errante n'en finit pas de clamer, génération après génération : « Écoute le sang de ton frère, le sang de ta sœur, crier vers moi du sol ! » Mais ils demeurent légion, les sourds aux plaintes montées du sang des suppliciés, répercutés par la voûte de la voix qui tourne autour de la terre. Leur propre sang, lourd et visqueux, leur bourdonne aux oreilles, et ils n'entendent rien d'autre que cette rumeur grisante.

✳
✳✳

« Où es-tu ? », « Où est ton frère ? », « Qu'as-tu fait ? », « Qui t'a dit que… ? » : autant de phrases brèves, ordinaires, lancées dès les premières pages de la Genèse. Des petites phrases sur lesquelles on a tendance à glisser, des questions posées à de lointains personnages et qui ne nous concernent pas.

Et pourtant si, elles nous concernent, ces questions, elles nous visent même au cœur de notre être : Où sommes-nous ? Quelles relations entretenons-nous avec autrui, proche et éloigné ? Que faisons-nous, par pensée et par action ? Qui écoutons-nous ? A y bien réfléchir, elles sont même terribles, ces questions, elles nous saisissent au vif de la conscience et des entrailles. Dans quel espace mental est-ce que je me situe, quelles valeurs ai-je choisies, quelles lois intérieures me suis-je données, quels liens ai-je établis avec les autres ? Dans quelle

étendue spirituelle me suis-je engagé, ou four-
voyé ? Que dit exactement ma propre voix, en
écho de quelle(s) autre(s) voix est-ce que je parle,
où me conduisent mes pas ? Quel désir dicte en
profondeur son tempo à mon cœur ? Suis-je *là*
où je prétends me trouver ? Ne suis-je pas moi
aussi dans le leurre, dans la crainte ou dans le
mensonge, dans l'orgueil, dans la rancœur ou la
colère – à l'insu de ma conscience pusillanime et
complaisante ?

« Où es-tu ? » Cette question interpelle
chacun de nous autant qu'Adam et Ève dans le
jardin d'Éden.

Martin Buber, dans un de ses récits hassidiques, raconte comment un jour Rabbi Moshé
de Kobryn s'étonna fort de la présence d'un
inconnu parmi ses convives au repas du
Shabbat. Il se renseigna auprès de son serviteur
qui lui rappela le nom du jeune homme, quelle
était sa parenté, depuis quand il suivait l'enseignement du Rabbi, mais le serviteur avait beau
accumuler les détails, Moshé de Kobryn répé-
tait « Connais pas ! » Enfin, après un moment, la
mémoire du Rabbi s'éclaira et, s'adressant au
jeune homme, il lui dit : « Je sais à présent pourquoi je ne te reconnaissais pas. Car l'homme se
trouve là où sont ses pensées ; et comme tes
pensées étaient loin, je n'avais devant moi qu'un
anonyme sac de chair [2]. »

Il y a beaucoup de « sacs de chair » sur la
planète, souvent très bien vêtus, certains même
décorés ou parés des insignes du pouvoir. A la
question « où es-tu ? » ils seraient bien en peine

de répondre, tant ils pensent loin de l'essentiel, aux antipodes de l'amour et du souci pour les autres, tant ils piétinent dans un mirage, en proie à une double illusion, optique et acoustique.

NOTES

1. F. Nietzsche, *Ainsi parlait Zarathoustra*, trad. M. Robert, Union générale d'éditions, coll. « 10/18 », 1972, p. 298.

2. M. Buber, *Les Récits hassidiques*, trad. A. Guerne, Éditions du Rocher, 1963, p. 554.

Les pas dans la poussière

PARTIR, c'est mourir un peu, beaucoup, passionnément, à la folie…

Partir, de la tête aux pieds. L'homme intégral entre en mouvement, et les pieds assument un rôle aussi important que la tête, ils sont le support du corps entier, le socle de l'homme debout, le soutien de l'homme en marche.

« Avant tout, je chanterai les pieds. Que la Muse m'inspire car le sujet prête à sourire. Les pieds. Nos pieds. Qui nous portent et que nous portons. Façonnés par une évolution subtile et millénaire […]. Souvent, il m'arrivait le soir, au cours des premiers jours de cette longue marche, de contempler mes pieds avec étonnement : c'est avec *ça*, me disais-je, que nous marchons depuis l'aube des temps hominiens et que nous arpentons la terre [1]. » Ainsi s'ouvre le beau livre de Jacques Lacarrière, *Chemin faisant*, qui relate sa longue marche buissonnière à travers la France, des Vosges jusqu'aux Corbières.

Les pieds : le sujet prête moins à sourire qu'il n'y paraît, il mérite tout à fait la même attention que les mains. Et du temps où les hommes ne se déplaçaient qu'à pied, on prodiguait des soins particuliers à cette partie du corps si rudement mise à l'épreuve. Lors de la venue des trois visiteurs aux Chênes de Mambré, Abraham dit avec empressement : « Qu'on apporte un peu d'eau, vous vous laverez les pieds et vous vous étendrez sous l'arbre. Que j'aille chercher un morceau de pain et vous vous réconforterez le cœur avant d'aller plus loin. » (Gn 18,4-5.)

Et seuls les pieds nus sont considérés dignes de fouler le sol d'un lieu déclaré saint ; ainsi le seigneur enjoint-il à Moïse de se déchausser quand s'embrase le buisson d'où s'élance sa voix : « N'approche pas d'ici, retire tes sandales de tes pieds car le lieu où tu te tiens est une terre sainte. » (Ex 3,5.)

A l'inverse, il est conseillé de les éloigner des endroits inhospitaliers. « Et si un lieu ne vous accueille pas, si on ne vous écoute pas, sortez de là et, en témoignage, secouez la poussière de dessous vos pieds. » (Mc 6,11.) Les pieds ont valeur de témoins, leur nudité est force, leurs mouvements sont des signes.

Les prophètes sont avant tout des marcheurs. Ils fonctionnent à l'opposé des « sacs de chair » ballottés au gré de leurs caprices, bercés dans leurs mirages. Ils se dressent *là* où sont leurs pensées, sans écart ni faux-semblant. Et sitôt que la Voix les appelle, ils se présentent et répondent : « Me voici ! », pour d'emblée prendre la route qui leur est indiquée. Les terres qu'ils traversent sont souvent arides, leurs contemporains hostiles, mais ils avancent sans relâche pour frayer « dans le désert le chemin » de leur Dieu. « Que toute vallée soit comblée, toute montagne et toute colline abaissées, que les lieux accidentés se changent en plaine et les escarpements en large vallée… », crie Isaïe (Is 40,4), et plus tard Jean le Baptiste.

Comme tous les prophètes le Christ a amplement marché, sillonné le pays, gravi des monts ; il a dû plus d'une fois secouer la poussière de ses pieds en quittant des villages ou des maisons qui refusaient l'hospitalité, il a aussi reçu l'hommage de l'eau servie pour les baigner. Cet hommage s'est même une fois élevé au niveau d'une vénération, d'un « sacre », lorsqu'une femme a pris ses pieds dans ses mains caressantes, les arrosant de ses larmes, les essuyant dans ses cheveux, les couvrant de baisers et les enduisant de parfum (Lc 7,37-48).

Cette scène de la pécheresse prodigue est d'une singulière beauté : la prostituée enamourée n'approche pas de la tête de Jésus, ne lui saisit pas les mains, elle s'élance vers ses pieds et les choie comme si à eux seuls ils étaient le corps entier de l'homme qu'elle aime. Elle les lave dans ses larmes, les enveloppe dans sa chevelure dénouée ainsi qu'une mère lange son petit enfant. Elle les embrasse et les caresse telle une amante penchée sur le visage, les yeux, la bouche, le torse de son amant. Elle s'incline devant eux comme une servante baisant les mains de son maître. Elle les parfume comme

une hôtesse de haut rang le ferait pour un invité
prestigieux en lui versant un peu d'huile aux
arômes précieux sur le front et les cheveux.
Surtout elle les oint d'huile sacrée comme une
prophétesse procédant à la cérémonie de consé-
cration d'un homme reconnu digne d'être roi ou
prophète. Reconnu Messie. Des pieds à la tête
Jésus incarne le verbe hébreu *mashiah* qui
signifie « oindre », de la même façon qu'il
incarne les verbes aimer, nourrir, désaltérer,
guérir, enseigner, délivrer... Car c'est de la
Voix, de l'Amour et de la Volonté de son Père
qu'il est oint. Et cela, seule la prostituée l'a senti,
l'a compris. Elle seule.

Ils sont si merveilleux à ses yeux d'inspirée
« les pieds du messager qui annonce la paix, du
messager de bonnes nouvelles qui annonce le
salut », qu'ils ont pour elle la plénitude d'un
corps – d'un corps pluriel où confluent le nour-
risson vulnérable, l'amant follement désiré, le
maître admirable, le saint vénéré. Et son propre
corps à elle est tout aussi puissamment boule-
versé : ses larmes lui tiennent lieu de langage,
d'au-delà/en deçà du langage, aucun mot
n'étant à la hauteur de son émoi, ou alors tous les
mots s'étant fluidifiés sous le feu de son amour.
Sa chevelure lui tient lieu de linge et également
de pleurement de joie, de gémissement amoureux. Ses doigts sont devenus caresses vives,
baisers, prières, et ses lèvres des fleurs qui éclo-
sent en soleils dès qu'elles effleurent la peau de
l'aimé. Quant à son cœur il s'exhale en parfum,
se dissout en fragrance. Son corps de femme
souillée par la prostitution se métamorphose et

s'épure, elle renaît à elle-même, transmuée en virginale fiancée, de par la grâce de la foi. Elle renaît en l'autre, s'enfante en pleurant d'émerveillement entre les pieds du messager divin. Et Jésus, se tournant vers la femme nouvelle, lui déclare : « Ta foi t'a sauvée, va en paix. »

« Oh ! là ! là ! que d'amours splendides j'ai rêvées !
[…]
Mes étoiles au ciel avaient un doux frou-frou
[…]
Comme des lyres, je tirais les élastiques
De mes souliers blessés, un pied près de mon cœur [2] ! »

La femme peut s'en aller, ivre d'amour et de pardon, un pied près de son cœur. Et les pas semés par ce pied sur la terre résonnent dans son cœur, sont le pouls de son sang, à jamais.

**

« Va en paix », dit Jésus à la prostituée qui « a montré beaucoup d'amour », beaucoup plus que tous les témoins de la scène occupés seulement à ruminer dans leur coin, outrés. Quel est donc cet homme qui se laisse obscènement toucher par une pécheresse, et surtout, pour qui ose-t-il se prendre ? « Ceux-là qui étaient à table avec lui se mirent à dire en eux-mêmes : qui est-il celui-là qui va jusqu'à remettre les péchés ? » Il en fait trop, il va trop loin. Si encore il était roi par naissance, ou conquérant glorieux, ou détenteur de somptueuses richesses, mais il n'est rien de tel, juste le fils d'un charpentier, un homme du peuple, un va-nu-pieds qui n'hésite pas à fréquenter la lie de la société. Et la méfiance croît dans ces esprits raisonneurs, et tellement raisonnables.

La suspicion des uns, la lassitude des autres, la haine de quelques-uns se sont accumulées, condensées autour de lui. Aussi, quand à son tour il accomplira la tâche réservée aux esclaves de laver les pieds d'autrui, il ne recevra, lui, aucune bénédiction en remerciement de son geste. Seule la trahison lui sera donnée en guise de récompense. L'un de ceux auxquels il a lavé les pieds, puis avec lequel il a partagé le pain et le vin, va « lever contre lui son talon ».

Non, le Christ ne part pas en paix au sortir du dernier repas consommé avec ses disciples, il se rend au mont des Oliviers, transi « de tristesse et d'angoisse ».

Le nom de Gethsémani signifie « pressoir à huile ». C'est un homme qui, ce soir-là, fut transformé en « pressoir ». Un homme intégralement voué à Dieu, animé par l'Esprit, aimant l'humanité. De tout son être l'huile fut pressée, de sa chair tenaillée par la peur, révulsée par l'imminence de la mort, de son cœur étreint par la douleur, de son esprit soumis aux affres de la nuit, d'une solitude abrupte et radicale, infiniment amère. De tout son corps, de toute son âme, une huile sainte s'est exsudée, goutte à goutte. Une huile au goût violent, composée de sueur et de sang. « Il entre en agonie et prie ardemment. Sa sueur devient comme des gouttes de sang tombant à terre. » (Lc 22,24.)

La pécheresse a versé des larmes aussi suaves que la sève d'un arbre aromatique, aussi fraîches qu'une rosée sur les pieds du Messie – le Fils de l'Homme –, pour lui témoigner son amour. Ce Messie – Frère des hommes – verse sa sueur de sang plus âcre que du fiel sur la terre pour témoigner à tous ses frères l'endurance et l'étendue de son amour. Il en arrose le sol, la poussière, les brûle au sel de sa sueur, au feu de son sang ; il oint la terre de l'huile sainte extraite de « son âme charnelle » sous la pression de l'agonie.

Et c'est Dieu qui s'ex-prime une fois encore, ultime, dans sa Création confiée au pouvoir des hommes ; non plus dans l'ampleur et la splendeur de son ouvrage cosmique, non plus dans la souveraineté et l'inouïe fécondité de son Dire, mais dans la souffrance d'un innocent. L'ex-pression divine a pris les inflexions sourdes et tremblées d'un homme à l'agonie.

Venu cette fois « charnellement » en visite dans le monde, passionnément à la rencontre des hommes, il s'est laissé prendre en otage. Sa Voix ne flâne plus sur la terre, en cette heure de détresse, elle y pleure tout bas, sueur et sang. L'expression de l'amour de Dieu est parvenue à son comble. Le Tout-Puissant s'est évidé au point de n'être plus qu'un mortel tragiquement vulnérable. Il est allé à rebours de la fausse promesse faite par le serpent à Ève et à Adam : « Vous serez comme des dieux » ; il est devenu, lui, absolument pareil aux hommes. On ne peut pas accomplir plus grand, plus fou retournement. On ne peut pas contrecarrer plus magnifiquement les plans ourdis par le mal, en déjouer plus subtilement les ruses, en défier plus « simplement » l'arrogance, ni surtout faire échec à la méchanceté avec plus de bonté.

Ce n'est pas par les voies illusoires de l'insoumission, de l'insolence, du mensonge et de la violence que l'homme réussira à se faire semblable à Dieu ; par de telles voies l'homme ne se fera jamais qu'à l'image des vulgaires idoles qu'il s'invente régulièrement. L'homme-dieu, hors et contre Dieu, ressemble toujours à un tout petit dieu atteint d'un défaut de fabrique, et ridiculement fugace.

Toute l'épopée de Dieu, de la Création à l'Incarnation en passant par l'Alliance, et de l'Incarnation à la Passion et à la Résurrection, est une stupéfiante leçon d'intelligence, de générosité et de patience de ce qu'est l'amour, où sagesse et folie s'entrelacent en une spirale sans fin.

Dans son « Dialogue de l'histoire et de l'âme charnelle », Charles Péguy clame à propos du passage des Évangiles concernant Gethsémani, sur son ton de fougue et de foudre : « Si nous n'étions pas abrutis, mon enfant, par des années et des siècles et des générations de catéchisme, si nous n'étions pas oblitérés, annulés, abasourdis, hébétés, habitués, émoussés par des années et des siècles, par des générations de catéchisme [...], si nous prenions les textes sacrés comme il faut prendre tous les textes, tous les grands textes, et comme nous ne les prenons pas […], dans leur plein, dans leur large, dans toute leur crudité, dans tout ce qu'ils ont saisi, dans tout ce qu'ils apportent de la réalité même […], nous serions, mon ami, nous serions épouvantés de ce texte [3]. »

Épouvantés, consternés, et tout autant émerveillés. Rien ne se passe comme nous aurions pu le penser, l'imaginer. Même la plus inventive, la plus fantaisiste des imaginations n'aurait pu, ne pourrait par elle seule se hausser à un tel sommet (en abîme) et créer une telle surprise, un tel choc, un tel ravisssement. Un rapt de l'intelligence et du cœur. Tous les textes de la Bible relatent les tribulations d'amour d'un Dieu Tout-Désirant, et provoquent un rapt à répétition. Encore faut-il aborder ces textes comme le conseille Péguy – dans leur plein, dans leur force, dans leur large et leur démesure, dans toute leur crudité, leurs dits et leurs non-dits, leurs cris, leurs chants et leurs silences.

Il faut préciser que par ce terme de « rapt » nous n'entendons pas un catapultage soudain et brutal de la pensée dans quelque palais céleste où l'intelligence serait gratifiée de révélations après avoir été anéantie ; ce mot n'induit aucun en-thou-siasme fiévreux, aucun miracle hallucinant, aucune ivresse, aucune fusion, loin de là. Ce mot « rapt » suggère plus modestement un arrachement de la pensée à ses vieilles habitudes, un défi qui lui est lancé, un obstacle à tenter de surmonter en improvisant des modes d'investigation inédits. Une aventure à risquer.

Le rapt déclenche un soulèvement de l'esprit et du cœur humains, un déracinement de l'intelligence s'ébrouant de son engourdissement, brisant les plis dans lesquels elle s'était coulée, couchée. Le rapt incite l'intelligence à passer alliance avec l'intuition, l'imaginaire et la sensibilité aiguisée. Il interdit toute lecture « fondamentaliste », dogmatique, des textes qui l'ont justement suscité. C'est une invitation à rêver, tout éveillé, attentivement, et surtout autrement, à partir et dans les mots des textes. Le sujet pensant, questionnant, n'est donc nullement amoindri au terme de ce rapt, bien au contraire il s'en trouve avivé.

Car ce rapt lié à la lecture est de l'ordre (ou plutôt du grand désordre) de l'amour, dont Lévinas dit « qu'il n'est pas dû à notre initiative, il est sans raison, il nous envahit et nous blesse et cependant le *je* survit en lui [40] ». Il n'y a rapt du sujet lisant que pour le trans-porter là où il ne voulait pas aller, ou là où il n'aurait jamais envisagé de se rendre, et le « je » pensant, aussi secoué, blessé même puisse-t-il être, reste pleinement requis.

NOTES

1. J. LACARRIÈRE, *Chemin faisant. Mille kilomètres à pied à travers la France*, Petite Bibliothèque Payot, coll. « Voyageurs », 1992.

2. A. RIMBAUD, *Ma Bohême.*

3. Ch. PÉGUY, « Dialogue de l'histoire et de l'âme charnelle », in *Œuvres en prose complètes*, t. III, Gallimard, coll. « Bibliothèque de la Pléiade », 1992, p. 730-759.

4. E. LÉVINAS, *Le temps et l'autre*, Fata Morgana, 1979, p. 82.

Les pas en solitude

PARTIR, c'est mourir un peu, beaucoup, passionnément, à la folie… solitairement.
Partir, parcourir routes et déserts. Il est fréquent qu'au sein des foules s'ouvrent des déserts, quand les pas du marcheur ne sont suivis par personne, ou pire, qu'on « lève contre lui son talon ».

Partir, envers et malgré tout, arpenter les géographies accidentées du cœur humain où tout peut advenir, l'extrême bonté comme la veulerie ou la cruauté. Où rien, parfois, aussi n'arrive – le cœur étant vautré dans la mollesse, frappé de vacuité.

Partir en solitude à la rencontre de l'autre embusqué on ne sait trop où – dans la crainte, dans la honte, dans le mensonge ou dans la haine, dans la détresse ou dans l'insouciance et l'égoïsme. Partir en quête des « brebis égarées », des âmes volages, fugueuses.

Partir en basses-terres nocturnes, en hautes-terres arides. En terre des hommes.

Alberto Giacometti dans certaines de ses sculptures offre une image remarquable de la puissance et de la beauté des pieds : hommes et femmes réduits à l'état de silhouettes filiformes, aux longs membres grêles, qui se tiennent soit très droits, immobiles, comme soudés au sol par leurs énormes pieds semblables à des souches d'arbres calcinés, crevassés, soit inclinés, tendus dans l'effort, en train de traverser des étendues sans fin ni balises, de braver la pesanteur et le vertige. Car il leur faut une énergie démesurée pour pouvoir avancer avec leurs maigres pattes d'échassiers lestées de pieds de pachydermes. Et cependant leur démarche est décidée, élégante dans sa tension. Les souches d'arbres calcinés se sont arrachées du sol, leurs racines ont brûlé et le vent les soulève, les talonne.

Dans un dialogue surréaliste – où les réponses étaient données en totale ignorance des questions posées –, Giacometti répond, sans donc savoir à quoi, à André Breton qui demande : « – Qu'est-ce que ton atelier ? – Ce sont deux petits pieds qui marchent [1]. » Il ne pouvait livrer plus juste définition.

Les pieds, symboles de l'homme en vie, de son agilité, de sa vivacité et de sa liberté tant qu'ils gardent contact avec la terre. Symboles de l'homme mort, de sa rigidité, de son arrêt définitif dès qu'ils perdent contact avec la terre, dressant dans le vide leurs plantes ainsi que des miroirs sans tain. Le célèbre *Christ mort* de

Mantegna[2], peint dans un saisissant raccourci, montre combien les pieds d'un cadavre peuvent être éloquents. Le crucifié est couché sur une table ; le raccourci déforme la taille du corps inerte, son volume. Le corps paraît tassé – des jambes courtes, un torse massif, des bras qui zigzaguent le long des flancs, dans les plis cassés du linceul. Ce corps est livide, d'un blanc verdâtre ; la tête, légèrement basculée vers l'épaule gauche, est d'un gris blême. La souffrance se lit toujours sur ce visage plombé. Les doigts des mains et des pieds sont contractés, les marques des clous sont visibles. « Voyez mes mains et mes pieds, c'est bien moi ! » (Lc 24,39), dira le Christ ressuscité à ses disciples incrédules en leur exhibant ses plaies. Mais pour l'heure, qui est encore celle de sa mort « à l'état brut », les quatre trous percés dans la chair ne témoignent d'aucun prodige, ils ne sont que la signature de son supplice. Non, il ne s'est pas sauvé lui-même celui qui guérissait les autres, il n'a pas expulsé les clous enfoncés dans sa chair, lui qui chassait les démons hors des bouches hurlantes des possédés.

Ses pieds dépassent de la table où il gît, les talons sont dans le vide. Le pied droit est très arqué, les orteils crispés, le gauche est plus plat. Ils sont posés, un peu écartés, à la limite inférieure du tableau, au centre. Ils font face au spectateur. Deux bas morceaux de viande exsangue, portant la trace de grossières écorchures comme si on venait de les retirer d'un crochet de boucher.

Sont-ce là les pieds d'un Dieu ?

Si les convives au repas chez Simon le Phari-
sien où la pécheresse fit irruption, et scandale,
ont vu, au soir de la mort de Jésus, celui-ci tel que
l'a représenté Mantegna, ils ont dû se féliciter,
ces esprits suspicieux, de leur prudence. Un
Dieu, ce pauvre hère mort en croix sans avoir dit
un mot, esquissé un geste pour se sauver ? Un
Dieu, ce cadavre impur aux pieds meurtris,
encrassés de poussière et de sang ? Un impos-
teur, ou un illuminé.

***

Mais il y a pire que ces verdicts rendus à la
hâte. Il y a le refus. Le refus que Dieu ne soit que
cela, qu'il ose se limiter si lamentablement,
s'abaisser à ce degré d'impuissance.

Fut-ce le drame de Judas ? S'est-il révolté
devant l'excès de discrétion du Messie – qu'il
aurait donc reconnu comme tel –, devant sa
passivité, sa « banalité » à peine rehaussée par
les miracles accomplis en chemin ? S'est-il lassé
d'attendre qu'il révèle en plein jour sa gloire et
sa puissance, qu'il se décide enfin à changer le
cours des choses embourbé dans la fadeur, dans
l'injustice, qu'il délivre son peuple opprimé ?
A-t-il voulu le forcer à jeter bas son masque
humain pour que s'accélère le processus vraiment trop lent de la délivrance et du salut ?

Et si c'était par amour malheureux pour son
maître qu'il l'avait trahi ? Et tout autant par
amour pour l'humanité ? Si c'était par impatience d'amour ?

Au fait, est-ce une trahison qu'a commise Judas, n'est-ce pas plutôt une funeste erreur de calcul ? Qu'avait-il besoin de s'approcher de Jésus et de l'embrasser alors qu'il lui suffisait de le désigner aux gardes d'un simple geste de la main, de pointer vers lui son index ? C'est qu'il l'aimait toujours, son maître, aussi incompréhensible lui parût-il, et il gardait confiance dans le déroulement des événements. Un baiser de complicité, en somme, et d'encouragement. Et aussi pour se rassurer lui-même, peut-être – un baiser de soutien au moment de déclencher le plan qu'il a préparé dans le but de provoquer une théophanie qui ne laissera plus aucun doute sur la véritable nature de Jésus.

« Judas, c'est par un baiser que tu livres le Fils de l'Homme ! » (Lc 22,48), s'exclame Jésus. Une fois encore Judas n'a pas dû bien comprendre. Il ne livre personne, il est juste venu « donner le *la* » pour que commence un grand spectacle divin, où est le mal ?

Le mal est en lui, glissé, tapi à son insu. Il est dit que « Satan est entré en lui » mais, tout occupé à maugréer contre la lenteur de l'arrivée du salut promis par Jésus et à chercher les moyens de remédier à cette lenteur désolante, révoltante, Judas n'a rien senti, il ignore qu'un ennemi s'est faufilé en lui, a versé du poison dans un repli de son cœur. Judas est entièrement tourné vers l'extérieur, le visible, l'immédiat, il veut des preuves, de l'action, des résultats, et vite ; le peuple et lui n'ont que trop attendu l'heure de la délivrance. Du coup, il néglige complètement ce qui se passe à l'intérieur, dans les méandres de son cœur, dans les marges de sa conscience. Il mésestime les forces à l'œuvre dans l'invisible.

Judas n'est pas un traître, c'est un mal-voyant et un mal-entendant de l'amour. Un trop-aimant, enfiévré d'inquiétude et d'impatience. Un mal-aimant qui n'a pas su se doter des moyens ajustés à son idéal – libérer le peuple, lui offrir la paix, le bonheur, la dignité. Ou plus exactement les moyens qu'il a choisis dans sa généreuse colère se sont révélés meurtriers. C'est fou comme nous lui ressemblons !

Mais il n'a pas pu ensuite supporter les conséquences de son erreur désastreuse, se pardonner sa faute (sur ce point nous lui ressemblons déjà beaucoup moins, excellant à nous trouver des excuses…). Jésus, en effet arrêté par ses soins, n'a rien changé à son comportement, il a intimé l'ordre à Pierre de rengainer son glaive, il a guéri le soldat blessé à l'oreille. Il n'a pas appelé à la rescousse « les douze légions d'anges » que son Père aurait pu lui fournir sur le champ (Mt 26,53). Et il a suivi docilement les gardes jusque devant le Sanhédrin, puis devant Pilate, sans jamais chercher à se défendre. Sans laisser transpercer le moindre signe de sa divinité.

Judas n'a pas pu assumer la cruauté de sa méprise, l'absurdité de tout ce gâchis. Happé par le remords il rapporte l'argent dont il n'a que faire et avoue : « J'ai péché en livrant un sang innocent » (Mt 27,4). Non seulement rien ne se passe comme il l'avait espéré, mais tout s'emballe et prend une tournure terrible qu'il n'avait ni prévue ni voulue.

Insensibles à ses remords, les autres lui rétorquent : « Que nous importe ? A toi de voir. » Mais il ne voit plus rien, Judas, encore moins que précédemment. La honte et la douleur l'accablent. Il s'enfuit dans la nuit, il se pend. Il meurt pour ne pas voir mourir celui qu'il a trahi contre son gré, ayant cru bien agir. Et ses pieds, que Jésus a lavés quelques heures plus tôt au cours du dernier repas, pendent dans le vide. « Si ton pied te scandalise, coupe-le » (Mc 9,45), avait dit Jésus. Judas tranche tout lien entre le sol et ses pieds qui se sont tragiquement fourvoyés.

Les forces noires tramant dans l'invisible sont parvenues à leurs fins. Judas, après avoir été manipulé comme une marionnette pend à une branche tel un pantin désormais hors jeu, mis au rebut. La solitude dans laquelle il a précipité son maître et ami s'est retournée contre lui en un véhément mouvement de ressac.

✣

Le Christ mort a défié ces forces, les a vaincues. Depuis le début de sa mission il a su les tenir à distance, les dompter. Depuis la triple tentation au désert.

Au contraire de Judas il est clair-voyant, un très fin entendant, tant de l'amour que de la haine, aussi grimée soit cette dernière. Toujours il a su repérer les forces occultes avides de nuire en catimini, et les briser. S'il s'est laissé mener sans résistance jusqu'à la croix, c'est parce qu'il avait ses raisons. Des raisons encore plus secrètes que les ruses du mal, et tellement plus puissantes. Mais au soir de sa mort personne n'est en mesure de les deviner ; personne, pas davantage ses disciples que Judas l'égaré, pas même sa mère ni aucune des saintes femmes. Les premiers se sont enfuis, pris de panique, dès qu'on l'a arrêté – « alors les disciples l'abandonnèrent tous et prirent la fuite » (Mt 26,56), les secondes pleurent leur douleur. Se seraient-ils ainsi sauvés s'ils avaient compris ce qu'il venait pourtant de leur rappeler : que tout ceci *devait* advenir « pour que s'accomplissent les Écritures des prophètes » ? Se tiendraient-ils terrés, toutes portes closes, s'ils n'avaient pas perdu confiance, perdu l'orient de leur foi ? Et elles, les aimantes, pleureraient-elles de la sorte si elles se souvenaient de tout ce qu'il avait annoncé au moment des « Adieux » (Jn 16,4…), si elles croyaient que c'est à présent que s'opère le fabuleux retournement, que le plus haut miracle est sur le point de resplendir ?

« Encore un peu et vous ne me verrez plus et puis un peu encore et vous me verrez », avait prévenu Jésus. Mais les siens n'avaient rien saisi de ces paroles obscures – « ils disaient : qu'est-ce que ce "un peu" ? Nous ne savons pas ce qu'il veut dire. » Et tout ce qui les dépassait du vivant de leur maître leur échappe encore plus maintenant qu'il est mort. Parce que ce n'est pas « un peu » qu'il est mort, mais totalement, horriblement, désespérément.

Il n'y a pas jusqu'à ses pieds qui ne prouvent qu'il est mort, qui ne clament, glacés, l'évidence. Ses pieds dressés comme deux bornes qui indiquent que voilà la fin du voyage, la fin de l'aventure. La fin du rêve, de l'espoir. « Stop. On ne passe pas. Danger ! », « Au-delà de cette limite toute illusion s'anéantit, la vie avec. »

Est-ce vraiment là le message affiché par ces plantes de pied vert-de-gris ? Certes, tous ceux et celles qui ont vu le corps gisant, ses ennemis autant que ses amis, ont lu cela ; de la descente de la croix jusqu'à la déposition au tombeau il était même impossible de lire autre chose.

Mais le message cependant était tout autre, un appel inouï, inconcevable, se lançait depuis ces pieds déchirés. « Allez, et osez le pas au-delà ! », « En marche, les endeuillés ! Oui, ils sont réconfortés ! » (Mt 5,4), « Par-delà cette limite la foi prend son envol, la vie avec, à l'infini. »

La réponse à la question que Philippe avait posée juste avant la Passion : « Seigneur, nous ne savons pas où tu vas. Comment saurions-nous le chemin ? » (Jn 14,5), est donnée là, sur ces pieds-palimpsestes – le chemin doit bifurquer, traverser les solitudes et les ténèbres de la mort, pour ensuite s'élancer vers les hauteurs. Le corps-pressoir n'en finit pas de moudre, il broie le mal, il pulvérise la mort maintenant ; l'ex-pression divine transite par le mutisme d'un cadavre.

⁂

Mais là c'est trop. Trop d'excès, de paradoxe, d'énigme indéchiffrable, monstrueuse même. Il nous répugne, au nom de la dignité de la raison, notre apanage à nous, êtres pensants, d'accepter de ne pas comprendre, de ne pas tout maîtriser. L'inconnu nous effraie, l'impuissance nous révolte, la mort nous horrifie, l'impatience nous enfièvre et l'orgueil nous harcèle. « Nous avançons mieux nos affaires par la violence et par l'intolérance. La condition des morts n'est pas notre souci, ni celui du failli. L'intempérance est notre règle, l'acrimonie du sang notre bien-être[3]. »

Notre orgueil va si loin parfois qu'il nous arrive de refuser ce que pourtant nous voyons, entendons, saisissons et repoussons aussitôt. Parce que cela ne nous convient pas, ne s'accorde pas avec nos idéaux, nos principes, nos valeurs. Parce que cela contrarie fâcheusement la certaine idée de l'homme et de la liberté que nous nous sommes forgée. Parce que cela contredit scandaleusement notre conception de Dieu.

Un personnage résume avec un sombre éclat cette attitude défensive/agressive : celui du « Grand Inquisiteur » qu'Ivan Karamazov a imaginé[4].

Le Christ est revenu sur la terre, il descend les rues brûlantes de Séville où flotte encore la puanteur des bûchers allumés la veille par le grand inquisiteur, maître incontesté du lieu. Car c'est ainsi, par la violence et la terreur, que le cardinal-inquisiteur a décidé de faire régner l'ordre, au nom cyniquement perverti des Évangiles. Le Christ, il le reconnaît au premier regard, et il le fait aussitôt arrêter, enfermer dans ses geôles. Il vient le voir pour un face-à-face qui se réduit à un monologue halluciné, le vieillard tortionnaire intimant d'emblée à son prisonnier l'ordre de se taire. « Ne dis rien, tais-toi. [...] Pourquoi es-tu venu nous déranger ? Car tu nous déranges, tu le sais bien. »

Si le Christ était venu en ce monde avec des pieds « pareils à du bronze comme en fournaise ardente », à « des colonnes de feu », selon les descriptions des anges justiciers de « L'Apocalypse », l'inquisiteur se serait rallié à lui ; mais il s'est présenté les pieds nus, vulnérables, sans souci de les protéger des ronces, de la boue, des morsures qui menacent en chemin. Lui que Satan a incité à se précipiter du haut du Temple pour forcer les messagers de Dieu à le porter sur leurs mains « afin que son pied ne heurte pas de pierre » (Mt 4,6), il a permis qu'on lui enfonce un clou énorme dans les pieds. Il a agi continuellement à rebours de ce qu'on attend d'un Dieu, et l'inquisiteur ne lui pardonne pas cette humilité.

Le Christ ne fait pas que le déranger, ce cardinal-bourreau, il l'exaspère, le révolte, et cela depuis des décennies. Il éprouve pour lui une rancune féroce – pour avoir repoussé les trois tentations que « l'Esprit terrible et profond, l'Esprit de la destruction et du néant » lui a proposées jadis au désert. Or ces tentations lui paraissent sublimes, « un miracle authentique et retentissant. [...] Car elles résument et prédisent en même temps toute l'histoire ultérieure de

l'humanité ; ce sont les trois formes où se cristal-
lisent toutes les contradictions insolubles de la
nature humaine ». Et de la nature humaine, il a
une opinion exécrable, ce vieil inquisiteur qui
prétend s'y connaître en la matière tellement
mieux que ce pauvre illuminé de Christ. La race
humaine est « faible, éternellement ingrate et
dépravée », elle est veule, fourbe, lâche et
rebelle à la fois, avide de pain terrestre, de biens
palpables, de miracles étourdissants, de
pouvoir. Ce qu'adore par-dessus tout cette race
écœurante, c'est de se prosterner devant des
idoles. Qu'a-t-elle à faire d'un Dieu de pure
compassion qui leur chante la splendeur du pain
céleste, de la liberté, du dénuement ? Rien. « Tu
n'ignorais pas, tu ne pouvais pas ignorer ce
secret fondamental de la nature humaine », lui
reproche avec aigreur l'inquisiteur.

Celui-ci insiste particulièrement sur un point :
la liberté. Les hommes font mine de la vouloir,
de l'aimer, mais au fond ils la redoutent, c'est un
fardeau bien trop lourd à porter, une responsabilité écrasante, « un don funeste » qui ne cause
que des tourments. En vérité, derrière leurs airs
bravaches de sempiternels révoltés, les humains
détestent la liberté, elle coûte trop cher. Et qu'a
fait le Christ ? Il a étendu à l'infini cette liberté
déjà si problématique ! « Tu as accru la liberté
humaine au lieu de la confisquer et tu as ainsi
imposé pour toujours à l'être moral les affres de
cette liberté. Tu voulais être librement aimé,
volontairement suivi par les hommes charmés »,
siffle l'inquisiteur avec rage. C'était vraiment
surestimer de façon inconsidérée le courage et

l'intelligence des hommes qui ont une indécrot-
table âme d'esclaves, conclut-il.

A charge supplémentaire, si besoin était, le
Christ s'est obstiné dans cette attitude de respect
aussi outrancier que déplacé à l'égard des
humains ; non content d'avoir dit non aux trois
superbes tentations de Satan dans le désert aux
premiers jours de sa mission, il a récidivé à
l'extrême fin de sa vie terrestre quand on l'invi-
tait, en le tournant en dérision, à descendre seul
de sa croix. « Tu ne l'as pas fait, car de nouveau
tu n'as pas voulu asservir l'homme par un
miracle ; tu désirais une foi qui fût libre et non
point inspirée par le merveilleux. Il te fallait un
libre amour, et non les serviles transports d'un
esclave terrifié », fulmine l'inquisiteur. Cet
amour aveugle et coupable du Christ pour les
hommes justifie la déclaration de non-amour
qu'il lui adresse sans détours : « je ne veux pas de
ton amour, car moi-même je ne t'aime pas », et
il ajoute, jouissant de sa perfidie, qu'il est passé
dans le camp de *l'autre*, celui de « l'Esprit terrible
et profond », expert en destruction, en imposture et en néant. Ce maître-là brille aux yeux du
vieillard furieusement misanthrope et mépri-
sant d'une aura, d'une souveraineté qu'il nie au
Christ. Et il affirme avoir tranché et opté en toute
connaissance de cause : « Moi aussi, j'ai été au
désert, j'ai vécu de sauterelles et de racines ; moi
aussi j'ai béni la liberté dont tu gratifias les
hommes, et je me préparais à figurer parmi tes
élus. […] Mais je me suis ressaisi et n'ai pas voulu
servir une cause insensée. Je suis revenu me
joindre à ceux qui ont corrigé ton œuvre »,

c'est-à-dire ceux qui l'ont trahie, renversée de fond en comble, « en la fondant sur le *miracle*, le *mystère*, l'*autorité* », ces trois tentations que le Christ précisément a refusées. « Et les hommes se sont réjouis d'être de nouveau menés comme un troupeau et délivrés. » Délivrés du don calamiteux de la liberté.

Le bienfaiteur de l'humanité, c'est donc lui et tous les tyrans de sa trempe, nullement le Christ, lequel « a mérité plus que tous le bûcher ».

Dostoïevski précise que l'inquisiteur est nonagénaire, il insiste sur son grand âge, mais ce vieillard n'est pas du tout sénile, il raisonne de manière très logique, cohérente, il garde bonne mémoire de son passé, et des textes qu'il a lus. Peu importe l'âge biologique de l'inquisiteur – il est vieux depuis sa jeunesse, il est dépourvu de l'esprit d'enfance. Il ne croit pas en l'impossible et en l'inespéré, il ne les soupçonne même pas ; il ne croit que ce qu'il voit, or il ne voit le monde, les êtres, qu'à travers le trou d'une serrure. D'une serrure de prison. Il vit dans un monde à son image, perclus de vieillesse et d'amertume, pétrifié ; il ne sait pas que le monde n'en est qu'à ses balbutiements, que l'humanité est à peine en adolescence, que l'Histoire est inachevée, que l'évolution est à l'œuvre constamment. Il ignore tout de la jeunesse, de la vie, de la chance, car tout de l'amour. Il ignore tout de la jeunesse de Dieu, de la jeunesse de l'Éternel à chaque instant renouvelée de par la grâce de son amour et de son désir. Il est incapable de voir le monde autrement que tel qu'il apparaît dans son état actuel, incapable de le percevoir « dans son "en train" d'être, son "en train" de naître [5] ».

Ce ne sont pas des sauterelles et des racines qu'il a mangées du temps où il s'était retiré au désert, le nonagénaire, plutôt des scorpions, des cailloux et des mues de vipères. Il n'a rien appris dans le silence du désert, il n'a rien compris à l'ascèse, il en a fait une meule à aiguiser sa haine et son goût du pouvoir, non un pressoir à passions. D'ailleurs, sa démarche au désert était d'avance vouée à l'échec, car il ne s'y était pas aventuré mû par l'amour du Dieu invisible, « sensible au cœur », poussé par le désir d'une rencontre au plus intime de son être ; il était parti à l'assaut du désert d'un pas de conquérant rêvant victoires et décorations : « Je me préparais à figurer parmi tes élus, les puissants et les forts, en brûlant de "compléter le nombre" », dit-il. Tout son vocabulaire trahit son âpreté, son orgueil, sa volonté de puissance et de domination, et de soldat de Dieu il s'est fait mercenaire, se vendant à l'Esprit des ténèbres, au plus immédiatement et somptueusement offrant.

Le huis-clos s'achève. Le Christ n'a pas proféré un seul mot, il a laissé le vieillard débiter ses accusations, ses reproches, ses menaces et son « Credo » haineux. Qu'aurait-il pu dire ? Rien que l'autre ne sache déjà, rien que cet adversaire résolu, obstiné, n'aurait refusé d'entendre. Pour le vieillard le Livre est refermé, scellé à jamais ; tant pis si le contenu des Deux Testaments est à ses yeux insatisfaisant, et celui du Second Testament encore plus décevant,

irritant, il s'en est arrangé à sa façon en le rema-
niant, en le corrigeant sournoisement, en l'inter-
prétant à contre-courant. Et en coulant dans le
bronze son interprétation frauduleuse. Il ne veut
surtout pas que son Prisonnier lui prouve qu'il a
tort en lui révélant les splendeurs du Royaume,
car il tient à sa « vérité » plus férocement qu'un
chien à son os. Sa « vérité » est un ramassis de
mensonges grouillant de vers, elle pue la carne
et la chair brûlée, qu'importe, c'est la sienne.
Elle lui colle à sa peau desséchée, à son cœur
rabrougri, il n'en veut pas d'autre.

Et les paroles insanes de l'inquisiteur résonnent dans le silence de son interlocuteur très
attentif avec un sinistre bruit d'éboulement ;
c'est la grâce happée par la pesanteur qui dégrin-
gole au fond d'un gouffre, la grâce lapidée par les
démons ayant élu domicile dans les remugles
d'un cœur funèbre. Le Christ n'intervient pas, il
prend aux mots son ennemi qui lui a violemment fait grief de respecter la liberté de pensée
et de la foi des hommes. Il n'accomplit aucun
miracle qui contraindrait l'autre à changer son
opinion. Son silence patient lui tient lieu de
réponse.

Enfin, au terme de ce dialogue unilatéral, le
Prisonnier se lève, s'approche de son geôlier,
« et baise ses lèvres exsangues. C'est toute la
réponse. Le vieillard tressaille, ses lèvres
remuent ; il va à la porte, l'ouvre et dit : "Va-t'en
et ne reviens plus… plus jamais !" Et il le laisse
aller dans les ténèbres de la ville. Le Prisonnier
s'en va ».

Le grand inquisiteur renonce à faire brûler

son Prisonnier, il le chasse dans la nuit, le renvoie en exil dans la solitude. Et lui-même s'enfonce dans la sienne, située aux antipodes. « Le baiser lui brûle le cœur, mais il persiste dans son idée. »

Pas plus que Judas n'est un être hors norme, isolé du reste de l'humanité, ni le bourreau de Pär Lagerkvist ni le grand inquisiteur imaginé par Dostoïevski ne sont des personnages fantastiques, aberrants, monstrueux. Ce sont des types d'hommes, certes mis en relief à l'extrême, qui existent, ont toujours existé, risquent fort d'exister jusqu'à la fin des temps. Des hommes qui souffrent très sincèrement dans leur amour malheureux pour l'humanité, qui cherchent des explications, des solutions, et qui, ne les trouvant pas du côté du Dieu unique, éternel et invisible, vont les quêter ailleurs, comme le vieil inquisiteur, ou carrément nulle part, comme le bourreau désabusé que seule console la tendresse d'une femme, et qui continue son travail d'assassin.

Ce sont des hommes bien plus banals qu'il n'y paraît, auxquels nous ressemblons souvent plus tragiquement que nous ne le croyons. Et l'histoire récente, si prodigue en bûchers et charniers au nom d'idéologies prétendument soucieuses du bonheur et de la libération de l'humanité, en offre des exemples à foison.

Non, il n'est pas facile de marcher dans les pas des prophètes, dans les pas du Messie dont les pieds ont buté contre la mort, y ont été cloués, s'y sont glacés. Ces pas cheminent vraiment sur des sentiers impossibles, à pic sur le vide, ils funambulent sur des fils tranchants dont on ne distingue pas le bout, en plein vent de surcroît.

NOTES

1. A. GIACOMETTI, *Écrits*, Hermann, Éditions des sciences et des arts, coll. « Savoir sur l'Art », 1992, p. 16.

2. Ce tableau de Mantegna se trouve à la Galerie Brera de Milan.

3. SAINT JOHN PERSE, « Vents, I », in *Œuvres complètes*, Gallimard, coll. « Bibliothèque de la Pléiade », 1972, p. 191.

4. F. DOSTOÏEVSKI, « La légende du Grand Inquisiteur », in *Les frères Karamazov*, livre V, chap. V, trad. H. Mongault, Le Livre de Poche, 1962 (toutes les citations de ce texte sont tirées de cette édition), t. I, p. 289-310.

5. M. A. OUAKNIM, *Tsimtsoum, Introduction à la méditation hébraïque*, Albin Michel, 1992, p. 125.

Les pas aux enfers

PARTIR, c'est mourir un peu, beaucoup, passionnément, à la folie… à l'infini.

Partir, partir encore alors même que la route, elle, s'est arrêtée, que l'horizon est atteint, qu'il n'y a nulle part où aller, plus aucun moyen d'avancer. Partir quand même, fût-ce avec des pieds dont la chair et les os ont été déchiquetés par un clou, paralysés par la mort.

A l'étage supérieur du British Museum, salle 42 où sont exposées des œuvres de l'époque médiévale, il y a dans une petite vitrine adossée à un mur deux fragments d'un crucifix en bois datant du XIIe siècle. Ils furent découverts en 1913 sur une île anglaise, dans le mur d'une église où on les avait cachés. A l'origine le crucifix devait mesurer 80 centimètres environ, être enduit de plâtre rehaussé de couleurs. Il n'en reste que la tête et un pied, dépouillés de leur enduit et de leurs couleurs.

La tête est mince, les paupières sont bombées, closes, une moustache noire divisée en deux larges traits obliques, comme un accent aigu et un accent grave, souligne l'impression d'austérité qui se dégage du visage. Sur l'ovale du crâne est sculptée une chevelure noire, tressée en bandeaux bien alignés ; une barbe toute bouclée orne le pourtour des joues et du menton de vaguelettes noires. Le pied est nu, crevé en son milieu, les orteils crispés.

C'est tout, deux tronçons d'un crucifix roman. Le corps a disparu, fracassé ou brûlé, ou bien volé ; la tête n'a plus d'appui, le pied est solitaire. Quelle importance, puisqu'il s'agit de la représentation d'un cadavre.

Et bien non, ces deux fragments d'égales dimensions, pied déchiré et tête muette, restent l'expression d'un corps, d'un homme qui a encore quelque chose à dire. D'un homme qui n'en finit pas de dispenser du sens, dans « son plein, dans son large et dans sa crudité ». Le plein de la vie, le large du mystère, la crudité de la souffrance et de la mort.

La tête et le pied sont posés côté à côte ; ils n'ont pas seulement la même taille, ils ont surtout la même importance. On sent qu'une force est à l'œuvre sous le front, les paupières lourdes et les lèvres fermées, et qu'elle se prépare à briser les scellés que la mort a appliqués sur la face. Le pied troué est prêt, lui, à se remettre en marche. Le regard, la voix et le pas ne se sont éteints que pour aller puiser une lumière seconde, un élan nouveau, aux confins du monde. Dans les entrailles du monde, au Shéol, là même où pourtant rien ne se passe, croit-on. « Ce n'est pas le Shéol qui te loue, ni la mort qui te célèbre. Ils n'espèrent plus en ta fidélité, ceux qui sont descendus dans la fosse. Le vivant, le vivant seul te loue, comme moi aujourd'hui. » (Is 38,18-19.)

Le Christ mort, lui, espère toujours en Dieu, et il continue à le louer. C'est afin que d'autres, trépassés avant lui – depuis l'aube des temps –, puissent se joindre à sa louange qu'il descend au Shéol. Parce que jusque dans la mort, il demeure un Vivant, un fidèle, un célébrant.

*
* *

Mais des incursions au Shéol, il en a déjà fait du temps où il marchait sur la terre. Chaque fois qu'il a délivré des femmes, des hommes, de l'emprise de démons qui leur rongeaient le cœur, leur torturaient la chair et l'esprit, il s'est confronté à des émissaires de la mort – de la malmort. Car les démons ne sont que forces de destruction, de mutilation : tel démoniaque est sourd, tel est muet, tel est aveugle ou paralytique, tous souffrent de convulsions, de délires. Ils dé-naturent ceux qu'ils infestent de leur présence toute de bruit et de fureur, les privant de raison, de maîtrise, leur volant le langage remplacé par des vociférations, et les exilant ainsi du côté d'une animalité hybride dont la sauvagerie s'exerce surtout contre la victime même de la possession démoniaque. La ruse des esprits du mal est en effet d'asservir leur proie au point de la rendre complice de son malheur, complice actif, archarné. Les possédés n'ont de cesse de se blesser, de se mettre en danger de mort en se jetant dans le feu, chutant dans l'eau, comme le démoniaque épileptique (Mt 17,14-21). Le démoniaque de Gérasa, lui, vivait nu dans les tombeaux creusés dans la montagne et se tailladait avec des pierres (Mc 5,1-20). La virulence des « esprits impurs » qui le hantaient était telle qu'il était impossible de retenir ce forcené, il brisait les chaînes et les entraves dont on le chargeait et personne ne parvenait à le dompter.

L'épisode du démoniaque gérasénien est particulièrement frappant, il survient juste après l'apaisement d'une puissante tempête sur la mer que Jésus traverse avec ses disciples, et aussitôt après il accomplira deux nouveaux miracles, la guérison d'une hémoroïsse et de la résurrection de la fille de Jaïre. Partout rôde la mort, menace l'engloutissement dans les ténèbres. Aucun répit n'est consenti aux hommes, et par conséquent à Jésus qui leur est absolument solidaire et se montre d'un souci constant à leur égard. Il calme la bourrasque, rétablit les barques sur les eaux, endigue les flux de sang, relève la fillette défunte. En tout lieu où il passe il repousse le malheur, tient la mort en échec.

Dans un texte magnifique intitulé « Le combat avec Légion » et consacré au récit de l'Évangile de Marc, Jean Starobinski souligne que la double précision du lieu où débarquent

Jésus et ses disciples est lourde de sens. « Ils arrivèrent sur l'autre rive de la mer, au pays des Géraséniens. » Cette autre rive « est un "au-delà" dont la détermination ne se limite pas à la seule nature des cultes pratiqués en terre étrangère (on trouve dans ce pays des troupeaux de porcs, ce qui est incompatible avec l'observance de la loi juive). Il s'y ajoute, aussitôt, toute la série des caractères qui confèrent à ce lieu un aspect sauvage et redoutable : des tombeaux, des montagnes. La rive galiléenne a été quittée à la *nuit*tombante (Mc 4,35), la tempête est survenue (4,37-41) Et le premier être vivant que Jésus rencontre est une créature d'épouvante [1] ». Starobinski considère, à partir de ce cumul de détails, que la traversée en barque ne peut être réduite à un simple trajet d'ouest en est, mais que ce passage d'un lieu à un autre, ce franchissement de frontière, signifie un « affrontement d'un monde infernal, c'est l'équivalent d'une descente aux enfers, d'une catabase. A travers une lecture métaphorique, l'autre rive devient l'homologue d'un "autre monde" infernal, et le voyage du Christ symbolise une traversée de l'univers jusqu'en ses plus ténébreuses profondeurs. [...] L'autre rivage [...] c'est l'autre, l'inverse, dans sa qualité non seulement de lieu opposé, mais de puissance opposante. L'autre rivage est un anti-rivage ; l'outre-jour est un anti-jour ; les tombeaux, séjour des morts, sont une anti-vie : les démons sont des rebelles. [...] Le Christ va vers l'autre : adversaire, incroyant, homme souffrant [2] ».

Il va à la rencontre de Lazare, mort depuis plusieurs jours. Il y va en pleurant. Debout sur le seuil du tombeau où gît son ami, il crie – après avoir rendu grâces à son Père qui « toujours l'écoute » : « Lazare, viens dehors ! » (Jn 11,42). Et le cadavre lié de bandelettes, voilé d'un suaire, comparaît à l'entrée du sépulcre. Une momie en mouvement, aussi stupéfiante qu'un chêne qui se déracinerait et sortirait de sa forêt. « Déliez-le et laissez-le aller », demande alors Jésus.

Le Christ n'impose rien, jamais. Il parle, il propose, il montre, il enseigne, mais ne contraint personne. Il guérit les malades, délivre les possédés – ces demi-morts –, ressuscite les trépassés, sans se les inféoder en retour. Au contraire, il les renvoie à leurs affaires, leur disant « Va en paix », les rassurant : « Ta foi t'a sauvé(e). » La délivrance dont il fait don est sans limite, sans contrepartie. « La différence entre Jésus et le démon n'apparaît donc pas seulement comme une différence d'essence, conséquence du partage séparant la puissance du bien et les puissances du mal ; elle se manifeste encore dans la *façon* dont chacun exerce son pouvoir. Le démon *habite* ses victimes, il se loge en elles, pénètre dans l'intimité des corps, dont il fait ses instruments. [...] La maîtrise du Christ est de nature prophétique ; elle ne s'exprime jamais par une emprise exercée du dedans : elle recourt à l'*allocution* impérative. Elle appelle à l'écoute et à la décision. Elle s'exerce donc du dehors, que ce soit pour chasser les démons, ou pour demander à l'homme de Gérasa d'aller vers les siens. Jésus fait face, mais maintient la distance requise pour l'acte d'adresser la parole, de parler à l'autre[3]. »

Tous les tyrans (que ce soit au sein d'une famille, d'un groupe social, d'une secte religieuse, d'un parti politique), tous les régimes totalitaires agissent, ou tentent d'agir, à l'instar des démons, en violant l'intimité des autres, en les privant de toute autonomie de pensée, en les persécutant de l'intérieur, en les réduisant en esclavage, en les manipulant ainsi que des pantins. Le « Grand Inquisiteur » appartient à cette engeance tyrannique qui ne tolère aucune singularité, aucune indépendance, aucune fantaisie ; qui hait la différence, l'altérité, l'étrangeté, la nouveauté. Qui hait les autres en tant qu'autres, précisément. Et c'est bien pourquoi il en veut si âprement au Christ d'avoir fait preuve d'un respect infaillible à l'égard des hommes, et d'avoir étendu et sanctifié leur liberté.

Il y a une autre ressemblance entre le « Grand Inquisiteur » et les démons : d'instinct, si l'on peut dire, ils reconnaissent la divinité du Christ, ce que la foule, et même les proches de Jésus, échouent à faire. Le Christ chasse les démons qui se sauvent en toute hâte – mais pour revenir encore et encore, travestis sous de nouvelles formes. Le vieil inquisiteur chasse le rédempteur dans la nuit ; celui-ci s'éloigne en silence, en douceur, mais il ne fuit pas, il continue son chemin, toujours et à jamais soucieux de ses frères humains.

✻✻

Les habitants de Gérasa, paniqués par la guérison miraculeuse du possédé, et furieux aussi d'avoir perdu leurs troupeaux de porcs devenus fous à cause de l'intrusion en eux des démons en cavale et se précipitant dans la mer, pressent Jésus de quitter les lieux au plus vite. Et Jésus retraverse la mer.

De même, après la résurrection de Lazare, il se trouve des gens pour estimer que ce Jésus en fait trop, et ces frileux de la foi, ces jaloux de leurs prérogatives, ces allergiques au mystère, se concertent en secret et décident de le tuer. Le dernier miracle de Jésus en mission sur la terre est la résurrection d'un mort ; cet acte se retourne contre lui et le condamne à mort.

Les adversaires de Jésus – celui qui dérange vraiment trop – ont gagné : le voilà mort, son cas est réglé, l'affaire peut être classée sans suite. Mais tandis que se réjouissent ses ennemis, que se reposent ses bourreaux, que pleurent ses proches et que vaque à ses affaires la foule des indifférents, le crucifié poursuit son œuvre « dérangeante ». Il descend au Shéol.

Dans le récit apocryphe « Questions de Barthélemy », rédigé au IIe siècle, il y a une étonnante description de cette descente [4]. L'apôtre Barthélemy, censé avoir assisté à la Crucifixion et avoir entrevu des phénomènes fabuleux lors de cette scène ultime, comme un défilé d'anges dans le ciel ouvert puis la disparition de Jésus dans les ténèbres recouvrant soudain la terre,

interroge le Ressuscité sur cette vision qu'il a
eue. « Fais-moi connaître, Seigneur, où tu es allé
en quittant la croix. » Et le Seigneur lui répond :
« Lorsque j'ai disparu de la croix, c'est alors que
je suis descendu dans l'Hadès pour en faire sortir
Adam et tous les patriarches, Abraham, Isaac et
Jacob, suivant la requête de l'archange Michel. »
Le Christ décrit alors la progression de sa
descente en compagnie des anges jusqu'au fond
de l'Hadès « pour [y] briser les verrous de fer et
les portes de bronze ». Au fur et à mesure
l'Hadès est ébranlé – en tant que lieu fortifié et
en tant que conscience –, et il s'exclame : « Je
pense que c'est Dieu qui descend sur la terre.
J'entends la voix du Très-Haut ; car il vient avec
une forte haleine, et je ne peux pas résister. »
Mais Béliar (l'un des noms de Satan) nie cette
possibilité : « Ne cède pas, Hadès, raffermis-toi,
car Dieu ne descend pas sur la terre », et il
suggère de s'emparer de ce prophète usurpa-
teur du nom de Dieu pour l'enchaîner avec la
multitude des morts. « Ne sois pas effrayé !
Fortifie tes portes et assure tes verrous ! Crois-
m'en bien : Dieu ne descend pas sur la terre »,
insiste Béliar. Mais la frayeur croît en Hadès, il
n'écoute plus les propos mensongers de Béliar,
il n'entend que les pas et le souffle divins qui
s'enfoncent en lui, dévastant ses entrailles.
« Mon ventre se déchire, j'entrouvre mes
entrailles : cela n'est possible que parce que Dieu
vient en ce lieu ! Malheur à moi ! Où puis-je
m'enfuir et me cacher loin de la face de la puissance du grand roi ? »

Le ventre sépulcral de l'Hadès/Shéol ne peut

que se déchirer sous le souffle du Vivant s'intro-
duisant en lui, et alors s'opère une naissance à
rebours : les morts enfouis depuis des siècles, des
millénaires dans ces bas-fonds de la terre ressor-
tent en plein jour, en plein ciel, entraînés par
l'ardeur du Vivant.

Cette vision fantastique relatée par Barthélemy met en scène un mystère fondamental et en
relief les liens obscurs unissant la mort et les
forces du mal, ainsi que l'acharnement de cet
esprit qui toujours nie, tout, et ne sait que mentir.
Par trois fois dans le texte, Béliar-Satan
« affirme » que « Dieu ne descend pas sur la
terre ». D'où tire-t-il cette certitude ? De sa seule
mauvaise foi, de son refus obstiné de reconnaître non seulement la suprématie de Dieu,
mais surtout son inlassable compassion, son
in-quiétude continuelle pour les hommes qui
l'arrache à sa plénitude, à son repos, et le lance
dans un immense mouvement de flux et de
reflux. Reflux dès l'origine de la Création pour
laisser place à celle-ci, flux de son Verbe créateur, de ses bénédictions pour féconder la Création ; reflux dès l'apparition de l'homme pour
préserver sa liberté, flux de son souffle dans le
jardin d'Éden, flux de ses appels envoyés tant à
ses fils prodigues qu'à ses élus, les prophètes ;
reflux, à chaque apparition d'une conscience
nouvelle sur la terre, comme du temps d'Adam
et Ève, flux de sa lumière disséminée en grains
infimes, en signes ténus, pour inviter chaque
homme à renouer l'Alliance. L'Alliance elle-
même respire au gré de ces marées divines.

Reflux total de la Toute-Puissance lors de l'Incarnation, flux de paroles et de pas le temps de la mission du Christ. Éclipse brutale et térébrante pendant les jours de la Passion, et mise au tombeau de l'Esprit du Bien ; jaillissement d'aube de la Résurrection. Et ces alternances rythment toujours le cours du monde. La Création n'en finit pas de respirer dans et par le souffle de Dieu, depuis sa fondation.

La respiration de l'esprit du Mal n'a pas cette ampleur, cette souplesse, cette surprenante mélodie, elle est stridente et saccadée, discordante, oppressante. Elle siffle au ras du monde, elle rampe dans la pénombre des cœurs qu'elle endort, enivre ou empoisonne, qu'elle enlace et aliène, mais que survienne « le souffle de fin silence » de la grâce et elle n'est plus que cris véhéments et râles d'impuissance. C'est pourquoi, jusqu'au bout, l'esprit du Mal nie que Dieu puisse descendre sur la terre, tant est cuisant son effroi que Dieu, de son souffle ineffable, n'évente ses mensonges, ses ruses et ses pièges et ne délie les chaînes d'illusions et des passions dévastatrices dont il avait entortillé ses proies. L'esprit qui toujours nie est atteint de forclusion, il rejette *a priori* tout ce qui n'entre pas dans ses plans destructeurs, tout ce qui contrarie son goût effréné du néant. Il ne peut aucunement concevoir ce dont est capable Dieu en son amour.

Dans son livre au titre d'une intense éloquence, *Je vois Satan tomber comme l'éclair*, René Girard souligne cette « impuissance du prince de ce monde à comprendre l'amour divin. Si Satan ne voit pas Dieu, c'est parce qu'il est tout entier mimétisme conflictuel. Il est extrêmement perspicace pour tout ce qui touche aux conflits rivalitaires, aux scandales et à leurs suites persécutrices mais il est aveugle à toute réalité autre que celle-là. Satan fait du mauvais mimétisme [...] une théorie totalitaire et infaillible qui rend le théoricien, humain ou satanique, sourd et aveugle à l'amour de Dieu pour les hommes et à l'amour des hommes entre eux [5] ».

NOTES

1. J. STAROBINSKI, « Le combat avec Légion », in *Trois Fureurs*, Gallimard, coll. « Le Chemin », 1974, p. 84-85.

2. *Ibid.*, p. 85-86.

3. *Ibid.*, p. 103-104.

4. « Questions de Bathélemy », in *Écrits apocryphes chrétiens*, Biblio. de la Pléiade, éd. Gallimard, 1997, édition publiée sous la direction de F. Bovon et P. Geoltrain, p. 268-270.

5. R. GIRARD, *Je vois Satan tomber comme l'éclair*, Grasset, 1999, p. 235.

Traces de pas

P ARTIR, c'est mourir un peu, beaucoup, passionnément, à la folie – pas du tout.

La partance est mourance, la mourance est mouvance et nouvelle naissance – selon les pas dans les traces desquels on aventure ses propres pas. Car on n'invente jamais de chemins radicalement neufs, inédits ; d'autres toujours nous ont précédés, ont déjà défriché les broussailles, exploré telle ou telle contrée mentale, telle ou telle piste spirituelle, établi des topographies de l'inconnu, proposé des interprétations. Aussi novatrices puissent paraître nos démarches quand nous affrontons les fatales questions de Dieu, de la liberté humaine, du mal et de la mort, nous ne faisons qu'emboîter le pas à des prédécesseurs plus ou moins inspirés, quitte à bifurquer en route, à modifier quelque peu les trajets, à innover sur certains points.

En effet, comment partons-nous à chaque fois, si ce n'est par les voies du langage sans lequel la pensée n'existe pas, du langage dont nous sommes pétris, essentiellement constitués, depuis notre prime enfance. Sans langage, pas de pensée, pas de conscience ; sans pensée s'élaborant au fil du temps, pas d'accès à sa propre humanité. On ne parle, on n'écrit, on ne pense que parce que d'autres nous en ont donné les moyens et l'exemple, que parce que nous sommes les héritiers d'une langue, d'un savoir, d'une culture. Certains se sclérosent autour de cet héritage, le pétrifiant et par là le trahissant, l'appauvrissant ; certains le dilapident, ou le rejettent, le laissent tomber « en déshérence » ; d'autres l'interrogent, l'analysent, l'enrichissent. Chacun construit sa manière de vivre en héritier, mais tous, même les plus abdicants, nous sommes des héritiers. « Comme si l'on pensait, et parlait, non pour personnellement répondre à l'appel de l'être, ou sous l'effet de quelque sublimation des pulsions ou, créature tourmentée, pour illusoirement redonner une âme à un monde sans cœur – mais parce que d'autres ont pensé, pensé en première personne, répondu de responsabilité à une inquiétude dont on ne saurait déterminer par avance d'où elle nous vient – autres, qui, à leur tour, viennent, en nom propre, nous inquiéter – nous exposer à l'inquiétude [1]. »

**
*

> *Être en tant que* laisser une trace *c'est passer, partir, s'absoudre.*

E. Lévinas

Le relèvement et la « lecture » des traces sur le sol ont joué un rôle capital dans la survie de l'espèce humaine, et aussi dans l'émergence de l'art. Dès le paléolithique les chasseurs se sont penchés sur toutes les traces semées par les animaux, repérant celles du gibier assurant leur nourriture, et celles des fauves auxquels ils risquaient de servir de pâture. Une reconnaissance exacte des empreintes de pas laissées par les bêtes, et de toutes les autres marques signalant leur passage, s'est donc dès l'origine avérée indispensable. Et reproduire les dessins de ces traces sur les parois des cavernes, c'est tenter de s'approprier la force de ces animaux en entrant en contact avec les esprits qui les animent.

N'en déplaise à Béliar-Satan, Dieu est descendu en ce monde et il n'a jamais cessé d'y « passer », d'y « séjourner » − aussi légèrement que ces oiseaux erratiques qui parfois se posent sur les vagues, les feuillages, les toits, avant de reprendre leur vol. Si on s'acharne à vouloir récolter des traces saillantes, flamboyantes de ce passage, donc des sortes de « pièces à conviction », des preuves, on ne ramasse que des leurres, des contrefaçons, et de cinglantes désillusions. Si traces il y a, elles sont en creux, et transparentes, impalpables ; un essaim de très discrets je-ne-sais-quoi voletant dans la poussière des jours, des siècles, des millénaires.

« La trace n'est pas un signe comme un autre, écrit Lévinas, elle signifie en dehors de toute intention de faire signe et en dehors de tout projet dont elle serait la visée. Quand, dans les transactions, on "règle par chèque" pour que le payement laisse une trace, la trace s'inscrit dans l'ordre même du monde. La trace authentique, par contre, dérange l'ordre du monde. Elle vient "en surimpression"[2]. »

Un creux surimprimé, si l'on peut dire, et qui dérange l'ordre du monde en l'empêchant de se refermer, de se souder ; il introduit une fêlure dans l'épaisseur du monde, une faille dans la matière, un trou dans le visible – fêlure mobile, faille glissante, trouée fluctuante.

Emmanuel Lévinas met en relation intime le thème de la trace et celui du visage humain. Car le visage est l'épiphanie d'un mystère, une ouverture vers une trans-cendance irréductible, une perspective plongeant vers un au-delà originel et immémorial « qu'aucune introspection ne saurait découvrir en Soi ». L'introspection n'est en effet pas de mise ici, il s'agit plutôt d'une extra-spection, d'un regard à porter hors et en avant de soi, vers les autres – vers autrui. Vers autrui qui, précisément, se tient dans le clair-obscur de la trace fugitive de Dieu. « C'est dans la trace de l'Autre que luit le visage. [...] Être à l'image de Dieu ne signifie pas être l'icône de Dieu, mais se trouver dans sa trace. Le Dieu révélé de notre spiritualité judéo-chrétienne conserve tout l'infini de son absence qui est dans "l'ordre" personnel même. Il ne se montre que par sa trace, comme dans le chapitre 33 de l'Exode. Aller vers lui, ce n'est pas suivre cette trace qui n'est pas un signe. C'est aller vers les Autres qui se tiennent dans la trace de l'illéité. »

✻
✻✻

Dieu est un Passant qui va de par le monde sans jamais s'y installer, s'en déclarer « propriétaire ». Il marche à pas de brise en terre franche, exempte de toute servitude à son égard. Au passage, il frôle les êtres, érige leurs visages en sanctuaires, leurs cœurs en tabernacles. Il n'a pas d'autre temple que le corps et l'esprit des vivants, et n'en exige pas d'autres. « L'heure vient où ce n'est ni sur cette montagne ni à Jérusalem que vous adorerez le Père. Vous, vous adorez ce que vous ne connaissez pas ; nous, nous adorons ce que nous connaissons, car le salut vient des Juifs. Mais l'heure vient – et c'est maintenant – où les véritables adorateurs adoreront le Père dans l'esprit et la vérité, car tels sont les adorateurs que cherche le Père. Dieu est esprit, et ceux qui adorent, c'est dans l'esprit et la vérité qu'ils doivent adorer. » (Jn 4,21-24.)

Dieu est un Passant qui visite chaque homme ; on le reçoit, ou non. « Dieu habite où on le fait entrer », disait le Rabbi de Kotzk [3]. Il ne prend jamais possession des lieux, ne s'impose pas. Il est le Lieu – *Ha-Maqom* –, et propose, en échange de l'accueil qu'on lui accorde, sa propre immensité. L'immensité de l'Ailleurs d'où il vient, et qu'il est.

117

Dieu est un Passant qui se présente à l'improviste, vêtu non de pourpre et d'ors mais de vent et de poussière. Cette poussière est celle des étoiles, en elle scintille l'énergie des commencements de l'univers. Cette poussière est celle de la terre, en elle poudroient le sable des déserts, l'embrun des mers, les scories des volcans, tous les pollens, les cendres des feux, la boue séchée et les graviers des routes, des particules de lumière et des atomes de nuit. Cette poussière est celle des Enfers, en elle brûlent encore l'haleine des défunts, leurs regards depuis longtemps éteints, leurs voix saturées de silence, et le sel des larmes tant des morts que des vivants.

Cette poussière est celle du temps, s'y mêlent en tournoyant des myriades innombrables d'instants du passé, du présent, et des jours à venir. Chaque instant étant unique.

Cette poussière est celle du Verbe de Dieu, de son Dire inaugural éclaté en pluie d'étincelles, de ses bénédictions répandues en rosée ignée. Cette poussière est celle qui s'est envolée des Tables de pierre où fut gravée la Loi, et aussi celle des bris des deux premières Tables dont « l'écriture était celle de Dieu » et que Moïse fracassa quand, de retour vers les siens, il découvrit qu'en son absence ils avaient confectionné une idole (Ex 32,15-19).

Et cette nuée de poussière lumineuse danse dans le Vent de l'Esprit.

De cette poussière, nos corps sont ensemencés et nos cœurs irrigués. D'elle, chaque visage est nimbé. Mais nous avons si souvent la vue basse que nous ne la percevons pas, et en nos cœurs en friche les grains ne mûrissent pas. Rien, cependant, ne peut venir à bout de cette invisible poussière déposée en nous – qu'on la chasse, qu'on l'ignore, qu'on la piétine, qu'on la noie même dans le sang des autres, elle ne disparaît pas. La poussière est patience, elle luit partout, jusque dans les ténèbres, jusque dans le Shéol. Qu'on laisse entrer le Vent, et elle se lèvera en un tourbillon limpide.

On raconte que le Rabbi de Guér, Yitzhak Méir, alors qu'il était encore un tout jeune garçon, fut emmené un jour par sa mère chez le Maggid de Kosnitz. « Quelqu'un s'amusa de l'enfant, lui disant : – Mon petit Yitzhak, je te donne un florin si tu me dis où habite Dieu. – Et moi, répondit-il, je t'en donne deux si tu me dis où il n'habite pas [4]. »

⁂

Dans la littérature judaïque la Chekhinah désigne la présence de Dieu dans le monde. Les interprétations de cette présence divine, comparée à un flux de lumière céleste descendant en tel ou tel lieu de la terre et toujours intimement associée au peuple d'Israël, sont nombreuses et variées. La Chekhinah fait même si passionnément « corps » avec Israël qu'elle part avec lui en exil, d'après le Talmud. Elle partage les joies et les malheurs des fidèles de Dieu.

Chaque être est appelé à abriter la Chekhinah, chaque visage à en refléter la lueur.

Le Christ est par excellence, en son corps et sa parole, manifestation de la Chekhinah. En lui l'exil de Dieu, commencé dès l'origine de l'univers, a atteint un point de pure incandescence. Mais cet exil, par-delà la Résurrection, n'a pas pris fin pour autant, il dure et durera tant que les hommes refuseront l'hospitalité au Dieu nomade, au Dieu mendiant, tant que les hommes se feront outrage et violence les uns aux autres. Tant que les hommes sacrifieront à des idoles, ou au néant ; et ces idoles sont au fond toujours les mêmes : Mammon, dieu des richesses, Mars, dieu de la guerre, et, non pas Éros, dieu du désir et de l'amour, ni Dionysos, dieu de la démesure, de l'ivresse, de l'extase libératrice, mais plutôt l'obscène Priape. Car le désir est la sève du monde, il est vital, c'est son détournement en envie, en cupidité et en jalousie hargneuse qui se révèle funeste.

René Girard qui à travers toute son œuvre n'a de cesse d'analyser la dynamique du désir, lequel est par nature « mimétique », l'humain ayant toujours besoin de modèles pour opérer des choix, préciser son désir qui sinon resterait flou ou se confondrait avec l'instinct, part du principe que « le désir mimétique est intrinsèquement bon », que sans lui « il n'y aurait ni liberté ni humanité [5] ». Si le désir mimétique génère à profusion conflits et violences dans toutes les sociétés, dans chaque groupe humain, c'est à cause de l'orientation qu'il prend la plupart du temps : il se focalise sur les biens détenus par les autres et veut s'en accaparer. René Girard se penche sur le dixième

commandement qui prescrit : « Tu ne convoiteras pas la maison de ton prochain. Tu ne
convoiteras pas la femme de ton prochain, ni
son serviteur, ni sa servante, ni son bœuf, ni son
âne, rien de ce qui est à lui. » (Ex 20,17.)
A première vue ce dernier commandement peut
sembler anodin, il se contente d'interdire
quelques désirs déviants alors que les quatre
précédents commandements interdisent des
actions autrement plus graves : l'homicide,
l'adultère, le vol, le faux-témoignage. En réalité
ce dernier commandement livre la clef de la
malédiction de la violence, il en pointe la cause.
« Si le Décalogue consacre son commandement
ultime à interdire le désir des biens du prochain,
c'est parce qu'il reconnaît lucidement dans ce
désir le responsable des violences interdites
dans les quatre commandements qui le précèdent. Si on cessait de désirer les biens du
prochain, on ne se rendrait jamais coupable ni
de meurtre, ni d'adultère, ni de vol, ni de faux-
témoignage. » Les hommes vivraient en paix,
dans le respect des biens et des désirs des uns et
des autres.

René Girard voit dans ce dernier interdit
l'esquisse implicite d'« une "révolution corper-
nicienne" dans l'intelligence du désir. On croit
que le désir est objectif mais, en réalité, il repose
sur autrui qui valorise les objets, le tiers le plus
proche, le prochain [6] ». Il suffit d'observer le
comportement des enfants dès le plus jeune âge,
quand l'un a un jouet que l'autre n'a pas ; même
si celui-ci possède beaucoup d'autres jouets, il
s'en désintéresse soudain pour ne plus convoiter

que l'objet appartenant à son « rival ». La jouissance par l'autre de biens, aussi dénués de valeur
soient-ils bien souvent, se fait défi, outrage, blessure, tourment pour celui qui en est exclu et qui
s'estime lésé. Chez les adultes ce processus peut
s'emballer et conduire jusqu'au crime.

Le Décalogue, en dénonçant *in fine* la perver-
sion du désir gangréné par l'envie, fait montre
d'un très solide réalisme.

⁂

Le Christ-Chekhinah poursuit son chemin
dans l'invisible, dans le chaos des jours. Il
traverse en clandestin toutes les frontières
élevées par les hommes sur la terre pour
partager le moins possible les fruits de cette terre
les uns avec les autres. Il ne connaît pas de frontières, il les a abolies, jusqu'à ces séparations/
hiérarchies entre Juifs et non-Juifs, hommes et
femmes, maîtres et esclaves, riches et pauvres…
La croix se dresse comme une stèle indiquant le
point de résorption – de suppression par éclate-
ment – de toutes les lignes de démarcation,
d'enfermement et d'oppression.

René Girard note que « dans les cultures
archaïques […] la frontière était toujours
marquée par des victimes. Les mammifères
marquent leurs frontières territoriales avec leurs
excréments, longtemps les hommes ont fait la
même chose avec cette forme particulière
d'excréments que sont pour eux leurs boucs
émissaires [7] ». Mais les boucs émissaires, aussi
désacralisés soient-ils à présent, jonchent

toujours de leurs cadavres les frontières de nos pays civilisés ; la barbarie a plus d'un tour dans son sac, elle s'accommode à merveille des raffinements technologiques, le XXᵉ siècle en a fourni des preuves en abondance et le siècle qui s'ouvre suit avec zèle son exemple. Victimes des guerres, victimes du racisme, victimes de « l'horreur économique » et des chants de sirènes des « paradis » de richesse, des corps par milliers, par millions, pourrissent aux frontières. Et il n'y a pas que les pays qui se claquemurent derrière des frontières, ce système de défense s'est également instauré à l'intérieur même des grandes villes.

Plus les hommes se comportent avec avidité, et avarice − les deux allant de pair − et « dévorent » leurs semblables pour les expulser ou en tirer profit par voie des armes ou de l'argent, de l'esclavage en tout genre, plus en conséquence ils rejettent des excréments dans les marges de leurs territoires et dans les dépotoirs de leurs métropoles. Assurément un va-nu-pieds tel que le Christ déambulant au nom d'un Dieu de compassion et d'infinie prodigalité dérange, comme le lui reproche le vieil inquisiteur jaloux de son propre pouvoir.

Loin de tout idéalisme, de toute vision éthérée de l'humanité, le Christ s'inscrit dans le même profond réalisme que celui dont témoigne le Décalogue. Il sait mieux que quiconque combien l'homme est faillible, enclin à céder à la tentation et qu'un rien suffit pour infecter « le désir mimétique » qui dynamise tout homme ; il sait que tout dépend du modèle qu'on s'est donné. Toute sa vie, tout son enseignement – lesquels ne font qu'un tant sont en harmonie sa façon d'être et sa parole –, le Christ les a précisément consacrés à, non pas jeter des interdits, mais à semer des exemples, à proposer aux hommes un certain modèle. Le sien. Ou plus exactement, celui que lui-même a suivi : Dieu.

Toute la force désirante que possède un homme, le Christ invite à l'orienter vers Dieu, à « l'investir » en Dieu. Les mots du Pater condensent tout l'enseignement du Christ en ce sens :

– Déjà, d'ouverture, Dieu est appelé Père. La dimension de tendresse de Dieu est ainsi signalée – Dieu paternel est *le nourricier des hommes désirants*, nullement un tyran à redouter, ou un potentat à renverser pour s'emparer de son pouvoir. Et ce Père est dit « nôtre », nul ne peut se l'accaparer ; il renvoie à une communauté, à une fraternité sans limites où chacun est à la fois unique, « élu », et à égalité avec les autres.

– Ce Père commun est « aux cieux », ces cieux qui dispensent à la terre l'air, le vent, la lumière, les pluies, la vie. Et les dispensent à tous sans discrimination. « Car il fait lever son soleil sur les méchants et sur les bons, et tomber la pluie sur les justes et les injustes. » (Mt 5,45.) Le Père est nulle part et partout, invisible, irréductible à toute idole. Il est le souffle et la clarté du monde, l'horizon de notre conscience, l'espace illimité où mouvoir notre cœur.

– Son Nom, qui demeure secret, aussi impro-
nonçable que sa Personne est insaisissable et
non représentable, est saint absolument. Le
sanctifier, ce Nom, c'est à chaque fois reconnaître sa sainteté parfaite, lui rendre hommage
et louanges en toute liberté.

– Son Règne, dont la venue est souhaitée sur
la terre, n'a rien à voir avec l'établissement d'un
pouvoir ; c'est le Règne d'un Dieu qui a renoncé
à sa propre omnipotence qui est ici appelé, un
Règne nu, tout de grâce et de légèreté, de liberté,
auquel chacun est convié à collaborer. C'est le
Règne du Désir enfin désentravé de la concupiscence, de la jalousie, du besoin de possession.
« Plus il y a séparation, ou castration, plus nous
ressentons notre manque, écrit Françoise
Dolto ; s'aiguise alors notre désir, obligé de
tendre vers un but non plus immédiat mais plus
lointain. Le fruit du désir, le plaisir, sera ainsi
plus mûr, plus profond, plus essentiel.
[...] Quand (Jésus) dit à un jeune homme riche :
"Si tu veux être parfait, lâche tout ce que tu as et
donne-le aux pauvres" (Mt 19,16-26), c'est
encore lui dire : "Sépare-toi de choses non
vivantes qui parasitent ton désir pour aller vers
l'essentiel." Il nous demande de nous libérer de
ce dont nous jouissons pour être disponibles à
une autre jouissance, mais encore inconnue de
nous [8]. »

– Sa Volonté, nous en ignorons tout. Elle est
énigmatique, déroutante, peut nous sembler
terrible parfois. Le Christ en agonie s'est déchiré
à cette obscurité, il a manifesté son vœu d'être

épargné, d'échapper au supplice, et néanmoins il a consenti. « Cependant, non pas comme je veux, mais comme tu veux. » (Mt 26,39.)

Charles Péguy, dans son *Dialogue de l'histoire et de l'âme charnelle*, met en correspondance les deux « *Fiat* », celui de la Génèse – « *Fiat lux, et lux fuit* » –, celui de Gethsémani – « *Fiat voluntas tua* ». « Selon le même rythme secret, selon le même secret de rythme, selon le même rythme intérieur, comme un écho fidèle cette même parole, cet écho retentit. [...] Le cri de la deuxième création répondit à la parole de la première création. [...] La parole de soumission de la création du monde spirituel en toute fidélité répondait à la parole de commandement. [...] Dieu à ces plus de cinquante siècles (de distance) répondait à Dieu. Dieu soumis, Dieu fait homme répondait si je puis dire à (un) Dieu de plein exercice, à Dieu dans toute la grandeur et la majesté de sa création [9]. »

Dieu destitué par lui-même de sa Toute-Puissance, Dieu dépouillé de sa gloire divine, répond, dans un cri très humain, à Dieu qui a créé ce monde, qui a voulu « tout cela ». Dieu crie à l'intérieur de lui-même, du fond de l'abîme qu'il a ouvert, creusé en lui, et, dans la douleur et la déréliction de la mort charnelle à laquelle il s'est soumis, il ratifie l'œuvre première de Dieu – et par là il renouvelle son acte de création. Dieu s'efface devant Dieu, en Dieu, pour Dieu. Et en s'effaçant il emporte l'humanité avec lui, les morts et les vivants, et leur offre une seconde naissance, en Dieu, dans l'intimité de Dieu, en son sein.

Dieu le Père, lors de la Passion puis de la Résurrection, est « en parturition », il réenfante l'homme créé depuis des millénaires pour que « la lumière soit » dans le cœur de chacun.

Deux *« Fiat »* qui se répondent, se complètent, s'éblouissent par-delà les ténèbres où le second *« Fiat »* est descendu. Tel est le grand mystère de la Volonté divine *à laisser s'accomplir.*

– Après les louanges adressées à Dieu et la libre allégeance qui lui est faite viennent les demandes de soutien. Celles-ci sont en relation étroite avec les trois vœux « verticaux » qui les précèdent, elles en développent les implications sur le plan humain, comme dans le Décalogue les interdits (ou mises en garde) succèdent à l'affirmation du Dieu unique et transcendant dont le culte ne tolère aucune déviation idolâtre, aucun bas calcul.

– Le Pain, aussi vital à l'homme que l'air, la lumière et l'eau. Le pain, fruit mûri grâce au travail des hommes et à la fécondité de la terre. C'est le pain que Jésus a refusé de faire surgir des cailloux du désert ainsi qu'un prestidigitateur car alors il aurait eu un goût d'imposture.

Le Pain, au quotidien. Tant au sens concret que spirituel le pain ne peut pas être stocké, il faut le renouveler chaque jour, sinon il durcit, se gâte, moisit. La manne au désert fleurissait chaque matin. Et, sur les deux plans, la demande est communautaire, car le pain est ce qui se partage ; il est dit « notre » pain, pas « mon » pain, tout comme il est « notre » Père. L'un des derniers gestes de Jésus fut de rompre le pain et de le distribuer à tous ses disciples, même à Judas. Le pain, physique et spirituel, est objet de communion entre égaux au sein d'une unique fratrie. Tout esprit de rivalité, de gloutonnerie et d'égoïsme est expulsé de cette demande de pain. Et seul ce pain fraternel peut être multiplié, comme le vin aux noces de Cana, c'est alors une extension du désir, une expansion de l'amour ; mais pas le pain de l'imposture que réclamait Satan qui lui ne vise qu'à combler et à étouffer le manque inscrit au cœur de chaque être, à l'auto-satisfaire et à le détourner de tout souci pour l'autre, de tout attrait vers l'Autre. Le miracle de la multiplication du pain exige qu'il y ait fractionnement et partage, et que le manque ne soit pas repu mais revivifié.

– Le Pardon, acte le plus difficile à accomplir, car tellement contraire à la nature humaine. Le pardon, lié à la repentance, est tout aussi pénible à mettre en œuvre authentiquement tant cela blesse notre « amour propre ». Pardon et repentir vont « main dans la main » – des mains vides, écorchées. Des mains ouvertes, béantes. Des mains qui lâchent prise, qui renoncent à la violence réclamée par l'offensé et également au geste de dénégation opposé par l'offensant s'inventant des justifications et de pernicieuses excuses. Des mains qui n'offrent plus de prise au mal, qui le laissent glisser, mordre dans le vide, s'épuiser en vain.

Le pardon déleste le désir, distordu par l'offense subie, du poids de la rancœur, de l'obsession de réparation, de châtiment. Il fait échec à la violence, à la contamination de la haine. Et le repentir, lui, lave le désir qui s'était embourbé dans l'envie, la méchanceté et la nuisance. Il rétablit la lumière dans la conscience du coupable, lui fait mesurer l'ampleur des dégâts qu'il a commis, lui apprend à voir l'autre comme un « autrui », un frère en humanité auquel il doit réparation. Il apprend à voir l'autre dans l'éclat troublant de son visage et à écouter battre le cœur de l'autre. Il délivre le désir de l'orgueil et de l'égoïsme.

Pardon et repentir opèrent une transmutation du mal, encore vif pourtant ; ils ruinent son pouvoir de séduction, de sédition contre l'amour du prochain. Seule demeure alors la souffrance, dépouillée jusqu'à la transparence, et vouée à se transmuer, elle aussi, en lumière.

Comme le pain, pardon et repentir se partagent : avec l'affamé de violence, de malfaisance, pour lui donner le goût d'une autre faim ; avec l'offensé meurtri dans sa chair, son honneur ou son cœur, pour lui rendre le goût de la vie.

Pardon et repentir soumettent le cœur, la pensée, la volonté à une révolution radicale et ils participent lumineusement à la Volonté de Dieu, coopèrent à la venue de son Règne en opposant une fin de non-recevoir au mal.

— La Tentation : là, le mal est visé au cœur, la racine de toutes les maladies qui corrompent le désir est mise à nu. Les sirènes du monde induisant en tentation de rompre le pacte de solidarité avec la fratrie humaine et de faire sécession d'avec le Ciel forment un chœur toujours en verve. La tentation est inévitable, elle nous est constitutive, nous ne pouvons qu'y être soumis. La supplication porte donc moins sur elle en direct que sur la manière de l'affronter, de répondre à ses appels pressants. Car il convient de lui faire face, de prendre mesure à la fois de ses charmes et de ses mensonges, de ses délices apparents et de ses dangers réels. De s'expliquer avec elle. Il ne sert en effet à rien de la nier, de la refouler en vrac ; c'est une erreur de « stratégie » qui se paie un jour ou l'autre. Le Christ a donné l'exemple : de bout en bout de son parcours, de sa mission dans l'Histoire, de son compagnonnage avec les hommes, il a été confronté à la tentation sous diverses formes, et pas une fois il a succombé. A chaque assaut il a fait front, sans brutalité mais sans complaisance. Car il a toujours écouté l'aride Voix du Verbe qui préserve la pureté et l'élan du désir, et non les langoureux chants des sirènes qui aliènent le désir.

– Le Mal : le voilà nommé en dernier, comme est dénoncée en dernier la concupiscence dans le Décalogue. La source de la violence et du malheur, de tous les maux, est mentionnée à la fin. Et du coup on relit, on redit tout ce qui a précédé à cette sombre lumière.

Le Décalogue commence par l'affirmation du Dieu unique et libérateur, celui qui a fait sortir son peuple de « la maison de servitude ». Il se clôt sur la mise en accusation des déviances du désir mimétique. Le Pater s'ouvre sur la sanctification du nom de Dieu, « nôtre » et paternel. Il s'achève sur la prière d'être libéré du mal – cette forteresse de servitude dont les tentations sont les geôlières. Tout est lié, les mots se déroulent, s'enroulent, se donnent écho et élan, et le sens circule.

Demander à être délivré du mal c'est moins redouter d'en être la victime – car fatalement vient un jour où il nous atteint sous forme d'épreuve, de disgrâce, de deuil, d'échecs… – qu'exprimer sa crainte d'y collaborer, fût-ce à l'insu de notre conscience paresseuse, désinvolte.

Demander à être délivré du mal c'est chercher hors de soi un « aimant » – au double sens du mot dérivant soit du verbe « aimanter », soit du verbe « aimer » – qui attire le désir en hauteur et largeur, le soustrayant à la pesanteur et à l'avarice du « moi », lui révélant des sources insoupçonnées de désir et de jouissance.

***

Il veut loger chez toi ; fais-lui une place. Qu'est-ce à dire : fais-lui une place ? Aime-le sans t'aimer toi-même. T'aimer toi-même c'est lui fermer la porte. L'aimer, c'est au contraire la lui ouvrir.

Saint AUGUSTIN, *Sermons sur les Psaumes,*
131, 6

Le Christ-Chekhinah, qui n'est pas venu abolir la Loi mais l'accomplir, a précisé la teneur de ce parachèvement. Il réside en l'amour du prochain, sans conditions ni arrière-pensées. Et cet amour est indissolublement lié à celui de Dieu, dans la trace duquel se tient chaque homme. « Tu aimeras le Seigneur ton Dieu de tout ton cœur, de toute ton âme et de tout ton esprit : voilà le plus grand et le premier commandement. Le second lui est semblable : Tu aimeras ton prochain comme toi-même. A ces deux commandements se rattache toute la Loi, ainsi que les Prophètes. » (Mt 22,37-40.)

Mais cet amour du prochain, il l'étend très loin, jusqu'aux ennemis. « Aimez vos ennemis, faites du bien à ceux qui vous maudissent, priez pour ceux qui vous diffament. » (Lc 6,27-28.) C'est la dynamique du pardon qui prend le mal à rebours, « par surprise ».

Enfin, et surtout, il jette un éclairage nouveau sur l'amour. Quand il dit : « Je vous donne un commandement nouveau : vous aimez les uns les autres » (Jn 13,34), on s'interroge sur la nouveauté annoncée car ce précepte est déjà proclamé depuis longtemps (cf. Lv 19,18). Mais aussitôt il ajoute : « comme je vous ai aimés, aimez-vous les uns les autres ». Là est la nouveauté, dans ce décentrement, dans le modèle proposé. « Comme je vous ai aimés. » Cette petite phrase est prodigieuse, elle ouvre des perspectives inouïes sur l'amour et le désir.

« Aime ton prochain comme toi-même » est déjà un immense pas à franchir – le premier. Un pas hors de soi. Il place l'autre à égalité avec moi, lui reconnaît la même valeur, les mêmes besoins, des désirs équivalents (et bien souvent

ambivalents, comme les miens), la même vulné-
rabilité. « Aime ton prochain comme toi-
même » situe les êtres face à face, à hauteur de
visages.

Cependant il arrive, fréquemment, que l'on
s'aime fort mal soi-même – ou trop peu ou beaucoup trop. La haine de soi qui afflige certains
êtres déteint sur leur entourage, le regard qu'ils
portent sur autrui est plein de suspicion,
d'animosité, de mépris, de colère. L'adoration
de soi que certains se vouent, quand elle n'écrase
pas les autres, peut également se transférer sur
autrui et l'on promeut alors tel ou tel en idole.
Les excès de la passion, soit à l'intérieur d'une
famille, d'un groupe, soit amoureuse, illustrent à
l'envi ce transfert d'adoration qui se révèle le
plus souvent calamiteux. Enfin, il arrive aussi
que l'amour de soi soit tellement mis à mal que
l'on se tue.

Ce résumé est bien sûr très succinct et ne rend
aucun compte de la complexité, de la subtilité
des nuances qui se tissent dans les relations entre
le moi – presque jamais « au clair » avec lui-
même – et les autres. L'amour, sous toutes ses
formes, est si fluctuant ; avec lui on fait toujours
l'expérience, plus ou moins éprouvante, que « le
moi n'est pas maître dans sa propre maison »
selon la célèbre formule de Freud. Le moi tombe
même facilement, à son insu en général, en
esclavage dans sa « maison de servitude ».

Un second pas hors de soi, bien plus radical,
est à oser. Aimer les autres *comme* le Christ a
aimé les hommes. Et ce renvoi à l'extérieur fait

aussitôt ricochet : le Christ a aimé les siens *comme* le Père aime l'humanité. Le Christ ne revendique rien en propre, il ne se donne pas complaisamment en exemple, il rend constamment à César ce qui revient à César, et à Dieu ce qui revient à Dieu. Il se situe à un carrefour, il redistribue tout ce qu'il reçoit du Père, tout ce dont il est le dépositaire, le messager. Il n'y a pas une once de narcissisme dans ce « nouveau commandement » proclamé par Jésus, puisque le « *comme* je vous ai aimés » ne s'arrête pas à sa seule personne mais rebondit dans l'infini, s'élance vers le Père envisagé en tant que Tout-Aimant.

« Ce que Jésus nous invite à imiter c'est son propre désir, c'est l'élan qui le dirige lui, Jésus, vers le but qu'il s'est fixé : ressembler le plus possible à Dieu le Père. […] Son but est de devenir l'image parfaite de Dieu. Il consacre donc toutes ses forces à imiter ce Père. En nous invitant à l'imiter lui, il nous invite à imiter sa propre imitation. […]

Pourquoi Jésus regarde-t-il le Père et lui-même comme les meilleurs modèles pour tous les hommes ? Parce que ni le Père ni le Fils ne désirent avidement, égoïstement. […] Si nous imitons le désintéressement divin, jamais le piège des rivalités mimétiques ne se refermera sur nous [10]. » Nous serons délivrés du mal.

**
*

Le Christ-Chekhinah est allé jusqu'au bout du chemin de délivrance, celui où se sont engagés tous les prophètes, d'Abraham à Jean le Baptiste ; celui où s'enfoncent tous les mystiques pour avancer à tâtons à la rencontre de l'Éternel.

Long chemin du rien où l'on passe de surprise en surprise, comme le note Jean de la Croix, disant à propos de l'âme aventurée : « Son progrès et sa perfection lui viennent d'où elle s'y attend le moins ; et même généralement elle s'imagine qu'elle va à sa perte. Et en effet, comme elle n'a pas l'expérience de cette nouveauté qui la fait sortir d'elle-même, qui l'éblouit et trouble sa première manière de procéder, elle s'imagine plutôt qu'elle est perdue, et non qu'elle réussit ou acquiert des mérites, car en réalité elle se perd par rapport à ses connaissances et à ses goûts, et elle est conduite là où elle ne connaît rien et où rien ne lui plaît. Elle ressemble au voyageur qui s'en va par des régions inconnues sur lesquelles il n'a aucun renseignement. » Et Jean de la Croix précise bien que le pèlerin nocturne n'a plus à se servir de son savoir antérieur, qu'il faut même le négliger, l'oublier, sinon « il n'avancerait jamais et ne réaliserait aucun progrès. Ainsi en est-il de l'âme : plus elle progresse, plus aussi elle pénètre dans les ténèbres, sans savoir où elle va [11] ».

Peu importe, il suffit qu'elle aille. La partance est délivrance.

NOTES

1. J. ROLLAND, « Penser au-delà (notes de lecture) », in *Exercices de la Patience. Lévinas,* n° 1, 1980, Obsidianne, p. 14.

2. É. LÉVINAS, « Humanisme de l'autre homme », Fata Morgana, 1972. Cf. le chapitre « La Trace », p. 57-63 (toutes les citations sont tirées de ce chapitre).

3. M. BUBER, *Les Récits hassidiques, op. cit.,* p. 681.

4. *Ibid.,* p. 711.

5. R. GIRARD, « Je vois Satan tomber comme l'éclair », *op. cit.,* p. 35.

6. *Ibid.,* p. 30 et 27.

7. *Ibid.,* p. 261.

8. F. DOLTO et G. SÉVÉRIN, *La Foi au risque de la psychanalyse,* Seuil, coll. « Points/Essais », 1983, p. 139.

9. Ch. PÉGUY, *op. cit.*

10. R. GIRARD, *op. cit.,* p. 32-33.

11. SAINT JEAN DE LA CROIX, « La Nuit obscure », in *Œuvres spirituelles,* trad. R.P. Grégoire de Saint-Joseph, Le Seuil, 1971, p. 619.

Table

« **Littérature ouverte** »

Georges BAGUET
Le miroir allemand

BAPTISTE-MARREY
L'Évangile selon Tommaso

Roger BICHELBERGER
Le petit livre de la faiblesse

Jean-François BOUTHORS
Jonas l'entêté

Sylvie DOIZELET
Inquiétude

Sylvie GERMAIN
Les échos du silence

Martine LAFFON
Le Surplus du monde

Colette NYS-MAZURE
Célébration du quotidien
Contes d'espérance
Battements d'elles

Catherine PAYSAN
La prière parallèle

Corinne PELLUCHON
La flamme ivre

Gabriel RINGLET
Un peu de mort sur le visage

Claude-Henri ROCQUET
Les cahiers du déluge

Marie ROUANET
Douze petits mois

Brigitte DE SAINT MARTIN
Si je t'oublie, Constantin…

Alain VIRCONDELET
La maison devant le monde

Composition : Facompo, Lisieux

Achevé d'imprimer en mai 2001
par l'Imprimerie Floch à Mayenne
pour le compte des Éditions Desclée de Brouwer
N° d'impression : 51518
Dépôt légal : mai 2001

Imprimé en France